ひとりでも生きられる

いのちを愛にかけようとするとき

瀬戸内寂聴

青春出版社

生きることは愛すること。
愛することは許すこと。

はじめに――命をかけて愛そうとするとき

●女が想い込んでいるもののすべて

ここにおさめられたエッセイは、十年にわたる歳月にいつのまにか書きためられていた私の愛についての想いである。

今改めて読みかえしてみて、私が愛について、頑固に信じぬいてきた一つの核があることに気づかされた。それは妻であろうとしない女、あるいは妻であることを自ら放棄した女が、男を愛する場合、それを支える命綱は「情熱」しかないということである。

妻が夫との愛を支えぬくのは忍耐であるといわれる。しかし私のような妻でない女が恋人との愛を守り通すのは情熱以外にはない。

今、好むと好まざるにかかわらず、女たちの中には妻であろうとしない女が、年々に増えているし、妻であることから脱却しようとする女も増えている。その上、妻にはならずに、母になりたいという女も増えている。

一夫一婦制も根底からゆらぎはじめている。そんなことはないといい切る人の無神経さと鈍感さは、もはや時代遅れになりかかっている。

妻であろうとしない女たちも愛なくしては生きていけない。それなら彼女たちは、どんな愛のかたちを需《もと》め、どんな愛を守ろうとするのだろうか。

五十年を生きてしまった私の愛への確信は、人は別れるために出逢うという一語につきる。それは人が死ぬために生まれてきたのと同じ冷酷さで人間の運命に課された劫罰《ごうばつ》であると同時に恩寵《おんちょう》でもあるように私には思われてきた。

もし、永遠に滅びない生命であったら、それは何という苦しいことだろうか。もし、永遠に衰えない恋があったら、それは何という刑罰であろうか。滅びる約束があるからこそ、一日一日が惜しまれなつかしいのであり、衰えることわりに支えられているからこそ、刻々の愛がきらめくのである。

私が少なくともこれまでの生涯、自分の情熱だけはいつわらず正直に生きてきたといえる。それが正しかったかどうかは私は知らない。こういうふうにしか生きられない人間だったから、この道を選んだのだとしかいいようがない。

しかし、私は、万巻の書からよりも、何百人の人の意見からよりも、自分自身の迷い多いつまずきつづけの恋そのものから、最も多くの生の歓びと悲しみと人間のあわれといとしさのすべてを教えられてきたと思っている。

多くの恋の途上で、傷つけもし、傷つけられもしたが、男女の恋の決算書はあくまで五分五分《フィフティーフィフティ》であったという結論に、今は到達した。

人間は人間を決して救うことは出来ないし、ゆるすことも出来ない。けれども人間は人間を思いやることは出来る。他人の悲しみを悲しみ、他人の喜びを喜ぶことは出来る。その心のひろがりがもたらされるのは、真剣な恋と思い悩んだ心の闇の涯《はて》にほの見えてくる光明の中からである。

人は人を愛していると思いこみ、実は自分自身だけしか愛していない場合が多い。捨身飼虎《しゃしんしこ》ということばがあるが、そんな自己犠牲の愛は、神や仏の愛であろう。しかし、人は人を命をかけて愛そうとする時、束の間であっても捨身飼虎の法悦の境地をかい間覗き見る瞬間がある。それはたといはかない幻にすぎなくても、一瞬でも見ることの出来た者の方が、まったく覗き得ずに死んでいく人よりは幸せではないだろうか。

私は人の恋の永遠を信じることは出来ない。しかし人の恋は愛に育てることが出来て、その愛はもしかしたら永遠を約束してくれるものかもしれないと思うようになってきた。

恋を得たことのない人は不幸である。

それにもまして、恋を失ったことのない人はもっと不幸である。

多く傷つくことは、多く愛した証《あかし》である。

繰りかえしいおう。

人は死ぬために生まれ、別れるために出逢い、憎みあうために愛しあう。それでもこの世は生きるに価値あり、出逢いは神秘で美しく、愛はかけがえのない唯一の真実であることにまちがいはないようだ。

多く愛し、多く傷ついた魂にこそ浄福《じょうふく》を。

瀬戸内寂聴

ひとりでも生きられる

目次

本文デザイン・DTP…黒田志麻

前章

女が生涯に一人の男を愛するとき

描かれた私の数奇な半生

その日、もう大方十年も前のことだが、私はN町から西武線に乗っていた。何気なく見上げた電車の吊り広告の文字が目に入ってきた。その頃、雨後の筍のように出来ていた四流どころの週刊誌の広告だ。

「或る女流作家の奇妙な生活と意見」

白ぬきの文字は他のどの見出しよりも大きく、ビラの真中におどり出るように浮き上っている。

やれやれ、気の毒に、また誰かが変な記事に書かれたんだな。私はまったく他人事だと思って、のんきにそのビラを見上げ、仕事仲間の気の毒な被害者に心から同情した。どうせ、当人にとって名誉な記事でないことは、その雑誌の性格からいっても十分想像出来た。

新宿へ着き、私は人と待ち合わせるために、喫茶店に入った。ちょうど目の前に、店のそなえつけの週刊誌が何冊かなげだされてあり、電車のビラで見て来たばかりのそれが、一番上にのっていた。私はヤジ馬根性と好奇心からそれをとりあげてめくっていった。

呆《あき》れたことに、私自身の大写しの顔がある頁の真中からいきなりとびだして来た。ぎょっとして目を据えると、まぎれもない、電車の広告の文字がその頁の見出しにでかでかとのっている。私の写真の斜め下には、御丁寧にも、私の愛人のJの顔までのっていた。両方とも、いつとられたか自分では覚えもない写真だった。そこまで見てもまだその記事が自分のこととはピンと来ず、私は文字を拾いはじめた。

怒るよりも思わず吹き出してしまうようなでたらめな話が、そこにはまことしやかに書き並べてある。私のまったく知らない私の数奇な半生が描かれていた。それによれば、私は夫の家をとびだし、京都で京大の学生の子供を産んだのだそうだ。また私は妻子あるJと公然と同棲《どうせい》し、その頃Jがさる週刊誌に連載小説を書きだし、「作家として一人前になったので、もう私の役目は終わったから、身をひいて奥さんにかえしていい」とインタビューされた記者に語ったのだそうである。

読み終わり私は思わず吹き出してしまった。私の半生なるものは、私の小説のあれこれから何行かずつ拾いあつめて、つぎあわせてつくったものらしい。それにしても、私は小説の中でも京大生の子供を産む女の話など書いたことは一切ない。また私は、その時まで、そんな記事のためにインタビューをされたことなど一切ない。電話さえかかっては来ていない。私はその「或る女流作家の奇妙な生活と意見」を拝見し、電車の中でビラを見上げていた自分の顔を思いおこし、まるで漫画だと自嘲した。

家に帰った頃、次第に怒りがこみあげて来て、電話でその社にどなりつけたけれど、そんなことは馴れているらしい相手はぬけぬけと平気だった。

それほどひどい例は少ないけど、似たようなことは何度かある。自分の言った覚えのないことばや、したことのない行動が、無責任な活字で流布される不愉快は、そんな目にあった人間でなければわからないだろう。けれどもその記事にも一分《いちぶ》の真実はあった。私が夫と子供のある身で恋人をつくり、夫の家をとびだしたこと、後に妻子あるJを識《し》り、恋愛関係になり、公然と彼との仲をつづけていることであった。そのどちらも道徳のわくをはみだした行為であり、それだけでそういう雑誌のスキャンダル面に扱われるようなネタの持主にはちがいなかった。それらのことを私はすでに小説の中でいくらか書いている。私小説の手法を使ってはいるが、それらの私の小説はいわゆる純粋な私小説ではなかった。どの場合も私は現実と虚構をないまぜて全然別個のもう一つの小説の世界をつくりあげていた。そういう方法が私には私の内面の真実をより一層確かに描けると思っていたからであった。

八年間一度も気づかなかった自分の行為

その頃、八年つづいたJとの関係を清算したいと考えはじめたころから、私はこの問題をテーマに秘かに小説を書きつづけていた。自分の内部に充満した血嘔吐《ちへど》をはきちらすような切ない作業をつづけながら、私はむきだしにされていく自分の醜さや、愚かさや、度し難《がた》い矛盾相剋《むじゅんそうこく》の網目に身も世もない情けなさを味わっている。迷いこんだ穴から、書くことによってぬけ出るなどということは、とうてい出来ない作業だったのだ。それでも小説に書くことによって、自分を客観視し、自分がどうにもならないと決めていた「関係」を、どうにかしなければならないという前進的な方向に持っていけるようになったのはたしかであった。

ちょうどそんなころ、ある雑誌で「妻の座なき妻」の特集があった。私はそこに私の悩みと同じ悩みをつづけている何人かの同類を見た。その人たちのペンが書ききれないもっと深いため息や、悶《もだ》えが聞えるように思った。

彼女たちは申しあわせたように経済的自立を得、社会的にも自主性をかち得ている人たちであった。

「女の可能性とかその将来とかをとりあげる時問題にすべきはこういうひとたちである」と、ボーヴォワールにいわしている「めぐまれた女性」たちであった。男に養われながら、選挙権だけを看板のようにふりまわし、依然として本質的には男の隷属物《れいぞくぶつ》にすぎない女の地位にあきたらず、すでに、意識するとしないにかかわらず、そこからぬけ出ている、解放された「自由な女」たちであった。にもかかわらず、彼女たちの心を引き裂いている悩みの、依然として何と女らしく、女そのものの問題であることか。

「私は後悔しない」

「私は恥じていない」

「私は彼を責めない」

彼女たちが必死に自分にいいきかせ、世間に叫んでいることばの一つ一つが、私には他人の声には聞えなかった。八年の彼との歳月の中で、私自身、何度そううめいてきたかもしれない、なじみ深いことばであったことか。

経済的に男や、男の家庭に負担をかけていないというのが、自分の行為の言いわけの何より強い自負なのだ。むしろこうした立場の女たちは、かえって、自分の愛の純粋さを強調し正当化したいため、経済的に男の分まで積極的に分けもとうとさえする。

「彼がもし、妻や子を捨てて私の許《もと》に来るようなら……そんな冷酷な彼を私は愛さないだろう……」

こんな意味のことばをそれらの手記の中に見出した時、私は苦笑しながら涙をこぼしていた。恋する女でなければ決して口に出来ない、その一見謙虚で優しさにみちたいじらしいことばもまた、八年間の私の恋の支えでもあった。

私は小説の中で自分の恋を責めさいなんでいる時、このことばにつき当り、そのことばにかくされている傲慢《ごうまん》さと、自分勝手な片手落ちに愕然《がくぜん》と気づいた直後であったからだった。こういうことばを口に出来るのは、男の愛が自分にあると確信と自信にみちている時である。

「彼は……私がそう望みさえすれば、必ず、妻子を捨て、私の許にやってくる。けれどもあえて、私はそんなことを彼にさせない。なぜなら、彼のそんなむごいことの出来ない人間的な、優しさを私は十分理解しているから……」

一見筋の通ってみえるそんな理屈に自己満足しながら、私は八年間唯《ただ》の一度も彼に妻と私のどちらを選ぶかという一番大切な問題を聞いてみたこともなかった。そんなひとりよがりの思い上りが、膝詰談判《ひざづめだんぱん》の解決を迫るより、どれほどひどく、彼の妻を侮辱《ぶじょく》している傲慢さにみちたものかに、私は八年間一度も気づかなかったのだ。そして「優しさ」という手触りのいい美しいことばで二人の女のどちらをも選べない、男の愛のあいまいさに掩《おお》いをかけ、一度もその正体をつきとめてみようとはしなかったのだ。むしろ、

「夫を守るということ、これは一つの仕事である。恋人を守るということ、これも一種の聖職である」

こんなことばを自分に都合のいいように解釈して、私は世間に自分の恋を誇示し

て来さえした。

二十五歳の人妻の二十一歳の青年への初恋

私と彼がめぐりあった時、両方とも最悪の絶望状態におちこんでいた。すでに私は「世間を気にしない女」になっていた。というより、とっくに「世間の評判を落としてしまった女」であった。

貞淑《ていしゅく》な良妻賢母の座から一挙に不貞な悪女の座に堕ちて、世間の道徳の枠《わく》からはじき出されてみると、そこには想像も出来なかったのんきさと自由があった。けれどもまた「うるさい世間の目」の外の世界は、ともすれば、ずるずるとひきずりこまれるような虚無《きょむ》の淵が足元におとし穴をつくってもいた。あらゆる自分の美徳の名や保証されていた社会的地位や、子供と引替えに自分で選んだ恋愛に、もののみごと惨めな失敗をとげたあとでは、私はもう虚無の泥沼にずるずるおちこんでいく自分をどうする力も持っていなかった。二十五歳の人妻が二十一歳の青年とした恋が、その女にとっては初恋だったといったら、こっけいだろうか。

夫とは見合結婚だった。厳格な県立高女でスパルタ式の教育を受けた私は、先生に気にいられる善良な優等生だった。御法度《ごはっと》の男友達をつくるなど考えもしなかった。第一私は美しく生まれあわせていなかった。女子大に入っても寮と教室を往復するだけの学生で、お茶をのむボーイフレンドもなかった。きりょうの悪い娘を女子大に入れ、ますます婚期を失うはめにしたという世間の噂を苦にした母が、必死に奔走してチャンスをつかんだ見合いの席に、私は夏休みのある日、着なれない着物に苦しい帯をしめ、しとやかな娘らしく装って出席した。

退屈な学校生活にもあきあきしていたし、日一日と色濃くなる戦争の匂いもいやだったし、北京《ペキン》に嫁げるという魅力もあって、私は出来るだけこの見合いにパスしたいと望んでいた。見合いという形式が、男が女を選ぶ場であって、女が男を選ぶなど思いもかけない田舎《いなか》の風習に、私は別に抵抗も感じない意識のない平凡な娘だった。私は見られて、うまく選ばれたいと、その時思っていただけだ。

見合いが成功した時、私はたちまち、その相手を、私が少女時代から描いていた理想の男性像に頭の中で仕立てあげてしまった。女子大の寮で私は北京の彼に毎日ラブレターばかり書いて暮らした。

自分の書く恋のことばに自分で酔い、私はこの幻の恋に陶酔した。結婚して北京へ渡り、翌年女の子を生んだ時も、私は愛する夫の子供を産む女の味わうであろう幸福感を、人並みに十分味わった。私はしたことのない台所仕事に次第に熟練するのが楽しく、不如意《ふにょい》な家計のやりくりが上手だとほめられるのが得意であった。

夫を偉大な学者の卵だと信じ、彼のかげでつつましく人目にたたず、内助の功をつくす妻になるのが私の当時の夢であった。

内地が空襲にさらされ、郷里が一夜で焦土になり、母が防空壕《ぼうくうごう》で焼け死んだのも知らず、私は劫初《ごうしょ》のけがれなさで輝きつづけているような北京の碧空《へきくう》の下でのんきに暮らしていた。天皇の写真ののった新聞を破っただけで罰《ばち》が当るという教育のされ方をして来た私は、その頃でも骨の芯から忠良な臣民であり、日本の敗戦など夢にも考えたことがなかった。

皮膚で確かめたもの以外は信じられない

戦争が私に直接結びついて来たのは、昭和二十年六月の夫の現地召集からだ。まだ誕生日前の子供をかかえ、私は親類一人いない北京に無一文でとりのこされた。

夫の職場が輔仁《ホジン》大学から北京大学に変ったばかりで、内地からの任命がいつ来るかわからず、従って北京大学の給料が出ないという不安な状態の中である。内地からもう手紙も通じなくなっていた。私はその日から俄然活動的になった。七つの行李《こうり》につめて母が持たせてくれた嫁入支度の着物を、一枚のこさず中国人に売った。しつけもとらないまま、一度も手を通すひまもなかった着物が、それから二年の私達親子の生命を支えてくれることになろうとはまだ想像もしなかった。

札束を畳の下に敷きこみ、私は職探しに奔走した。赤ん坊をかかえた女の就職の難しさは、どんな時代にも変ることはない。ようやく私に与えられたのは、家からさして遠くない城壁の真下の運送屋の事務員の口であった。少女の阿媽《アマ》に赤ん坊と留守をあずけ、私は生まれてはじめて就職した。その日がたまたま八月十五日だった。電話を四、五本とりついだだけで、私はその店の応接間で主人や使用人と最敬礼をしながら天皇の声を聞いた。ザアザアという雑音にまぎれこんだ天皇の声は、歯切れの悪い濁った頼りない声であった。意味もとれないほど雑音でかきけされていた。後につづいた現地司令官の声で、はじめて私は事態を納得した。

どんなふうにその店をとびだしたのか覚えていない。気がつくと私は人気《ひとけ》もない大通りの商店の軒下で雨宿りをしていた。しのつくような雨が視界をさえぎっていた。となりに若い少年のような俤《おもかげ》の兵隊がやはりぼんやり雨を見つめていた。見るまに雨は上り、簾《すだれ》を巻きあげるようにするすると雨脚が上っていった。城門のかなたで遠雷《えんらい》が走るのが聞えた。その時、私は自分が深い真暗な水の底から不意に浮き上り、大きな息をしたように思った。雨上りの大気が真実肺の奥までひりひりとしみとおってきた。見なれない北京の町並が、見知らぬ国の未知の町筋のようにきらきら目に映って来た。私は次の瞬間、悲鳴に似た声で子供の名を叫び、気狂いのように子供のいる胡同《フートン》の方へ走りだしていった。

夫が帰って来た。内地へ帰りたくないという夫に従い、私も終戦の翌年まで北京に残った。終戦の日を境に、私の内部に一つの変化がおこったことに夫は気づかなかった。その時になって、私は夫と結婚以来何ひとつ話らしい話をしていないのに気づいた。日常生活はあったが、私たちの間に本当の会話はなかった。今になって心の中のもどかしさを伝えようとしても通じあうことばのないのを発見した。

私はもう過去に教えこまされ信じこまされた何ものをも信じまいと、かたくなに心をとざしていた。教えこまされたことにあれほど無垢《むく》な信頼を寄せていたことを、無知だと嘲笑《あざわら》うなら嘲笑われてもいいと思った。無知な者の無垢の信頼を裏ぎったものこそ呪うべきだと私は考えていた。もう自分の手で触れ、自分の皮膚で感じ、自分の目でたしかめたもの以外は信じまいと思った。その頃私に確実に信じられるのは、日一日と私の腕の中で重みを増す子供の量感だけだった。

着物を売った金を使いはたし、命からがら引揚げて来た内地で見たものは、もう一度私を叩きのめした。私は飢えていたものがとびつくようにあらゆる活字にとびついていった。それらの活字のもつ意味を私はかわいた海綿のようにじくじく吸収していった。私の内部には次第に新しい自分が生まれはじめていた。なじみのないよそよそしい自分だったけれど、私はその新しい細胞の一つ一つに、自我という文字が灼《や》きつけられているのを息をつめて見守っていた。

そんな頃、私に恋がふりかかった。それからの経験やJとの愛を通してみても、私には恋愛は不測の事故だと思えてしかたがない。彼に恋を打ちあけもしないで、私は夫に自分が恋におちたと告白していた。

二十五歳の私の恋は、年より幼稚で、気狂いじみていて、まわりじゅう傷だらけにして収拾もつかなかった。

後で考えればまったくノイローゼになって、私は家出という形をとった。ませていてもたかだか二十一歳の青年にこんな重荷な女が受けとめられるはずはなく、半年あまりで私たちは一日も一緒にすごさず、私が惨めな裏切りをして、彼から離れていった。

しがみつき合った絶望の男と女

二十五歳にもなって女一通りの生活体験を経ながら、ようやく十六、七歳の文学少女の立っているような精神的地点に立ち、気がつくと私は色の恋のといっている沙汰ではなかった。

夫に衣類と配給票を押えられ、京都へ友人を頼って行き、その下宿に転がりこんでしまった生活なので、私はとにかく「生きなければ」ならなかった。その時以来「生きなければならない」という最低線との闘いで、私の足元を歳月は目ざましい速さで流れてしまったのだ。

惨めな生活との闘いの空疎《くうそ》さに、気力も体力も萎《な》えはてる時、私は「人の生肝《いきぎも》をたべても成長したい」という平林《ひらばやし》たい子さんの小説のことばをお題目のようにとなえつづけて来た。けれども私の現実は、人の生肝をたべても「露命《ろめい》をつながねばならぬ」線から一向に向上せず、とても「成長したい」という高尚な願望までとどかない情けない有様であった。

京都から東京に舞いもどり、しゃにむにペン一本で子供雑誌の原稿を書きちらして、どうにか女ひとりの生活をささえられるようになったころ、私は自分が底のない虚無の淵にどっぷり腰までつかってしまっているのに気づいた。「こんな生活とはちがう、こんなはずじゃない」私は自分のだらしない状態に悪態をあびせながら、酔っぱらって深夜の雪道に膝をつき、犬のように哭《な》きながら、私は成長したいのに！　成長したいのに！　と身をもんでいた。

Jを識り、彼にさそわれた時、私はまるで無貞操な女のようにすぐ彼と旅に出た。私はその旅で誘われれば心中してもいいような深い倦怠《けんたい》と疲労をもてあましていたのだ。一、二回しか口をきいたこともないJについて、その時、私の識っているのは、彼が私以上に何ものかに絶望しているということと、感覚的に合う人間だというい いかげんなおくそくだけだった。

金のない二人の旅はみじめで貧しいものだった。お酒をのみすぎた彼はその夜私を抱けなかった。私たちはそんなこととは別に、その一夜で二人がお互いに今、必要な人間どうしだということを感じあった。私は彼を生かしたいと思い、彼を生かすことに、もうどうでもいい私の生命をかけることで、私も生きていいと思いはじめた。彼の方でも私を生かすことで、自分の絶望状態から目をそらしたいと思った。いいかえれば溺死しかけた者どうしがお互いを藁《わら》でもと思ってしがみつき合ったのだとも言える。

私たちは死を選ばず、旅から帰って来た。何かしら自分の足に地をふみしめている力強さがみなぎってきた。

私が経験した日々

それからのJとの八年を、本当に短いものに思う。

私たちははじめから、愛や永遠や、同棲を誓ったりはしなかった。何ひとつ契約もしなかった。ことばは不要な理解が、お互いに交流するのを感じたのだ。はじめから、私は彼に妻子のあることは知っていたし、その人たちの場にふみこもうなどとは考えてもいなかった。彼を死なせまいとみはることが私の生きがいになっていた。

私の内部にもやもやとおしつまり、出口がわからずうずまいていた文学への願望が、彼にはっきり出口を教えられ、道筋をさし示された。私ははじめて彼がたった一冊出した彼の作品集『触手』を読み、強烈な文学的感動を受けた。そういう作品を一冊でも書いた彼を尊敬し、彼の文学を信頼することが出来た。彼に励まされ、私は私の内部に眠っていたさまざまな可能性を少しずつ光の中にひきずりだすようになっていた。

いつのころからか、彼は湘南の海辺の町にある彼の家と私の下宿を、小まめに勤勉に往復するようになっていた。八年間それはほとんど乱されることなく、まるで電気じかけのように正確に繰りかえされた。恋のある時期、私にもやっぱり、彼の不在の間に嫉妬になやまされた時はあった。それでも私は嫉妬だけにかかずらっていられるほど閑《ひま》がなかった。と同時に、私に対する彼の愛の確信のようなものが次第に強まり、傲慢な愛の自信から、みじめな嫉妬は解放された。もともと私は嫉妬心は人並みより薄いのかもしれなかった。妻の座というものに私は全然魅力もなかった。一夫一婦の結婚の形態にも私は私なりの疑問を持つようになっていたし、世間の夫婦をみまわしても、心底から羨ましいと思うような家庭もなかった。私はまた、孤独な時間が好きでもあった。彼といる時間の充実さと温かさと、安堵感は幸福そのものだったけれど、彼の不在の時の何物にも侵されず、孤独な時間のすがすがしさもまた、私には幸福そのもののずしりと手ごたえのある時間であった。宿題を出された勤勉な小学生のように、私は彼の不在の時間に彼が組んでおいてくれた仕事の山をこなし、読むべき本を読み、観るべきものを観に走らねばならなかった。

　彼が来た時、息せききってそれらの身心の経験のすべてを彼に告げると、私ははじめてそれらのひとりでした経験が血肉となって自分の内部に定着するのを感じるのであった。

　彼の描いた軌道にのって、私が走りはじめると、彼の生活費まで私がみているのだという噂がたちはじめた。そんなことは彼も私も問題にしなかった。私は私のものは彼のものだと思っていたし、事実、私の働いて得る金や物にしても、彼の精神的な助力がなかったら、とうてい得られないものだった。けれども事実は、私は彼の生活費などみたことはなかった。最小限でも彼はずっと彼のペンで稼ぎつづけて来たし、妻子も養って来ている。また彼の奥さんも決して夫に依存しているだけの無能な人ではない。自分の芸術への夢は、彼との恋が結婚にすすんだ時、きっぱりあきらめて、彼の内助の妻となる道を選んだ人であった。彼にいい仕事をさせるため、内職をしつづけて、彼の負担を少なくして来ているような人だ。

ある時期、彼に降ってわいたように華やかな週刊誌の連載物の仕事が来て、それを引受けてしまった。彼の今まで不如意をこらえつづけ、守って来た文学の道からいえば、絶対引受けられる仕事ではなかったけれど、彼は長い奥さんの献身と苦労にむくいたくてそれを引受けたのだとしか私には思えない。その間、彼ははにかみながら、私にも生活費をさしだした。私はその期間くらい、そわそわと居心地の悪い想いをしたことはなかった。

「まるでお妾《めかけ》さんみたいだ」

私はぐあいの悪い表情でその金を受けとる時、出来るだけ早く費《つか》い果そうとした。幸か不幸か、そんな時期はとうてい彼にはつづかず、またもとのすがすがしい貧しさがおしよせて来た。妻子を飢えさせても自分の文学を守り通すのが、真の芸術家なのか、どうか、私には今もって答えはわからない。ただその時以来、彼が私の部屋で、妻子を養うことだけが目的の仕事のペンを走らせ、その成果の金を持って妻子の許へ帰っていくという生活になった時、私はある失望を感じないわけにはいかなかった。

情婦や恋人でもない、妻でない妻

八年の歳月は、本当に短いものだった。

けれども彼の小学生だった女の子がすでに大学に入るまでに成長していた。とすれば、その子と偶然、同じ名をもつ私の夫の許にいる子も、別れた時五つだったのに、すでに高校を卒業しそうな年ごろになっているはずだ。

彼と奥さんは、私が加わった奇妙な状態の八年間もあわせて、すでに二十年をこす結婚生活を送って来たのだ。

彼によって引きあげられ、彼によって導かれ、成長させられた私の、ものを書く人間の目が、「生活におわれて」上すべりに見すごして来たものを、もう一度見つめ直さなければというようになって来た。

まったく思いがけない角度から、私に結婚問題がおこった。私が「結婚出来る立場」にあるという発見は、誰よりも私自身を驚かせた。その気になりさえすれば、あなたは誰に遠慮もなく結婚していい立場のはずだ。そういわれてみて、私ははじめて他人事のように自分の周囲を見まわした。私は八年間強いられたわけではないが彼に貞操をたて通して来た。彼が彼の家庭に帰っている時でも、私は自分の行動を彼を辱《はずか》しめないようにと手綱《たづな》を引きしめる気持ちだった。何かを彼の不在に決裁したり決断しなければならない時、

「宅に相談してみまして」

という世間の妻たちのことばは口にしないまでも、彼の欲するよう、彼がそうするであろうような物のはからいを無意識のうちにしていた。私の部屋にたまった彼の下着や彼の着物、足ぐせのついた彼の下駄やクリーニングから返ってきた季節外れの外套《がいとう》……そのどれをみても、彼は私の部屋では情夫や恋人ではなく、れっきとした夫の風格をもつ「影」であった。私の彼への無遠慮、横暴、甘え、献身……そのどれをとっても、私は彼の情婦や恋人ではなく、れっきとした妻であった。

それなら、彼の家にいる彼は、そこでどの役をつとめ、彼の妻はどういう役割をもつのだろう。

無意識にそこから目をそらして来た彼の妻の影像《えいぞう》に、私は、むりやり自分の目を凝《こ》らすようにしつけはじめた。八年間、唯《ただ》の一度も不平がましいことをいわず、唯

の一度も私を訪ねても来ず、うらみごとの一ついってても来ないその人……無神経なのか、生きているのか、もしかしたら、神のような人なのか……。

八年間、彼が一言も悪口などいったことはなく、むしろ、言葉のはしばしに、尊敬と愛をこめて思わずもらし語りしたその人……。

「あの人も私知ってるのよ、悪いけど、あなたよりずっといいわよ。きれいで、やさしくて、かしこくて……」

遠慮のない正直な友人が、はっきりそう私に聞かしたその人……。そしてついに唯の一度も顔をみたこともないその人……。

ずっしりと私の前に坐《すわ》った巨大な怪物

彼女を耐えさせる力は何なのか。それは、彼の愛以外にあるはずはなかったのだ。私が彼の愛を信じられたように、彼女も、彼女の前に坐る時の彼の愛を信じられるものがあったのだ。

来いと言えば、全部来るに決まっていると単純に決めこんできた私の稚《おさな》い思い上りは何ということだったろう。全部来てしまうなら、私はいつでも引受ける……そんな思い上りも私の中には長い間あった。

彼がどこにいても、私のからだにつけた糸のはしをしっかりと掌中《しょうちゅう》に握っていて、糸の長さの範囲で、私を自由に踊らせていたように、彼のからだにつけられた糸のはしは、決して私の掌中にではなく、二十年間の悲惨も、我ままも、許し難い不貞までふくめて許容して来た、彼の妻の掌《て》の中にしっかり握られているのだ。夢に見てものっぺらぼうの顔とか、後姿でしかあらわれたことのないその人が、私は急に、怪物のようにふくれ上り、巨大なものになって、ずっしりと私の前に坐るのを見た。本当に別れた方がいいのだ、と思ったのはこの時からだった。

小説の中に八年間を再現する作業をはじめてみたら、私の見すごして来たつもりの小さな痛みや傷あとが、心の深みで決して消えてしまわず、毒々しく芽をふいているのを次々発見もしていくのであった。

普通の夫婦なら、話しも出来ず聞きも出来ないようなことまでしゃべったり聞いたりする私たちの間では、そんな私の気持ちの経緯《いきさつ》も何ひとつかくす必要はなかった。彼への思いがけないうらみつらみがふきだしている小説も見せながら、

「そっちのいい分も聞かせてよ」

と、私は、膝をすすめていく。

男と女が手を切ると、たとえそれが双方の話し合いのうえでしたときでも、女の方が傷つけられるといわれる。また女がむかしの恋人を友情をこめて語るのをきくのは、男がむかしの愛人のことをそうするよりははるかに稀《まれ》だともいう。

けれども、私は、彼との長い愛に訣別《けつべつ》し、彼の机の並んでいない自分ひとりの部屋で、やはりまだ、彼に深い友情と感謝と、なつかしさを感じずにはいられない自分を見つめている。

彼との八年に深いうらみや後悔や、かくされていた嫉妬や、憎悪や、待つことの切なさや、愛の不如意が、自分でも気づかぬ私の内部からえぐり出され、書かれることがあるとすれば、それは小説という別個の私の創作の世界の中でこそ、リアリティをもって定着づけられるものではないだろうか。

本章1

男の前を裸になって横切れるか

恋人と裸で寝られないくらいなら

十年前のことであった。親しい女友だちばかりの集いの時、その中で最も美しい、最も年かさの夫人がいった。

「まあ、せいぜいみなさん今のうちに恋をなさいな。女は五十になったら、恋の想い出の箱をぴたりと閉ざし、金の鍵をかけて錦の袋にでも入れてしまっておくものよ」

一座の中で、最も若い、といってももう三十になろうとする女性がいった。

「いやだわ、そんなことおっしゃるあなたがまだそんなに若々しくて美しくて、魅力的なんですもの、とても恋をしていないなんて思えないわ」

恋は五十までといった夫人の過去が、華々しいロマンスのいくつかで飾られていることは有名だった。その夫との結婚に至る恋も語り草になるほど華やかなものだったが、結婚後も、美しい彼女のために自殺した若い男とか、夫婦別れをした人々があると噂されていた。病身なか細いその夫人のどこにそんなエネルギーがかくされているのだろうと、人々はかげで妬《ねた》んだり羨ましがったりしていた。

「そりゃ、今だって、その気になれば、チャンスはあるし、いいよってくる男はないとはいいませんよ。でもやっぱり恋は美しくなければ……あたしは自分に自信がなくなった時を境に、ふっつりと恋から手をひいたのよ」

「自分に自信がなくなった時ってどういう時ですの」

「それはねえ……」

美しい人はちょっと一座の女たちの顔を見回してからずばりといった。

「裸の自分にひけ目を感じはじめる時」

一座は一瞬、しいんとした。ややたって、誰かがわざと陽気にいった。

「やあだ。それなら、何も五十を待たなくたって、今でもあたし、裸に自信などまるっきりなくってよ」

笑い声がどっと起こって、その話はそこで立ち消えになりそうになった。美しい人は細い眉をよせて憂鬱そうにつぶやいた。

「信じないのね。今にわかるわ」

あれから十年たったということさえ夢のような気がする。それを聞いた時、私は三十代と四十代の丁度境目にいた。三十の初め、自分が四十になる日のことを思うと、何と遠い先だろうと思った。戦争中の青春をすごし、二十代は結婚、出産、引揚げ、そして新しい恋、家出と、目まぐるしい運命の変りめに夢中ですごし、三十代のほとんどを、一人の他所《よそ》の家の夫を愛してすごした私には、四十になる自分というものが考えられなかった。

私の愛した男は、私より十歳以上も年上のせいか、私は彼といる時、自分が実際の年齢よりまだうんと若いような気がして、年を忘れていた。年を忘れるといえば、その反対の時、次の男は私より四歳年下だったが、その男と暮らした時もまた、私は自分が年上だということをすっかり忘れていた。恋をしている時、私はいつでも相手を世にも頼もしい男と思いこんでしまう幸せな性分《しょうぶん》なので、他人がかげで何て頼りない人を好きになっているのだろうとか、あんな男のどこがよくてああ夢中なのだろうとかいわれても、その声が事実、自分の耳に入ってきていても平気なのであった。

恋をする時、年齢はないと思いこんでいた。年上でなければいやだとか、年下でなければいやだとかいう考え方は私にはなかったのだ。

五十歳になって、自分の裸に自信がなく、恋人と裸で寝られないくらいなら、恋の箱の蓋《ふた》をしっかりしめてしまうというのも確かに美しい話だと思って聞いた。私も五十になったら、そうしてもいいなとも考えた。しかしその時はまだ十年も先の話だったし、私は二人の男を恋人に持ち、その間で右往左往している時だったので、十年先の自分の衰えた肉体など想像することも出来なかったのだ。

ところがその十年がまたたく間にすぎてしまった。歳月というのは人間が年をとるほどかけ足になって襲い、そしてかけ足で通りすぎていくもののようである。あの子供の頃の一日の何と長かったこと、一年の何とたっぷりあったこと。

相手が私を愛さなくなったら

四十代の十年間に私は恋を捨て恋を得、また恋を捨て、更に新しい恋を得た。そのめまぐるしさにまたたくまに歳月が飛び去っていた。私は恋をしている時でないと仕事が出来ない。作家の中には恋をしている間は仕事が出来ないという人もいる。私は何の因果か、恋をしていないと仕事が出来ないのである。

私は四十代に最もたくさんの仕事をしたし、自分の仕事の質も深まったと自覚している。ふりかえるとこの十年くらい私は充実した作家生活をしたことはなかったし、女を生きたこともなかったと思う。

しみじみ女は四十歳からが人生だと身にも心にも思いあたってつぶやいたものであった。

そして、もう、今年は五十歳になってしまった。あの美しい人が恋の箱に蓋をせよといった年を迎えてしまったのだ。まだ髪は染めていないけれど白髪《しらが》は出ているし、まだでぶになってはいないけれど油断すればたちまちおなかが出て来ようとする。徹夜近い仕事をした後、鏡をみると鬼のような女の顔がそこに映っている。私は鏡に毎日自分の全身を映してみる。もちろん裸で。まだ私の体の線は崩れていないものの、それはいつ崩れるかもしれない瀬戸際に来ている。男の前を裸になって横ぎれるかと聞かれたら、私は何と応えていいだろう。ベッドの中で光線や、体の位置を気にしだしたらおしまいよと、恋多い女の友人がいったこともあった。

人間は年と共に肉体が衰えるのは当然であって、それは嬉しいことではないけれど、それほど悲観することでもないのではないか。夫婦でも、恋人でも、一方だけが毎年齢《よわい》を重ね、他の一人は全然年をとらないということはあり得ないのだ。公平に年を一つずつ一っしょにとっていくのである。自分も相手も共に年を重ねていることを忘れて、女は自分の年のことだけを気にしすぎるのではないだろうか。相手が自分の老いの足音におびえ、若さを需《もと》めて若い少女に惹《ひ》かれる心理は、冷静になれば、自分だってよくわかる筈《はず》である。私は、女もまた若さを需めて若い少年にあこがれてもいいと思う。あなたがするなら私もするというようなさもしい気持ちでなく、もっと自然に若さを愛したらいい。しかし、老年の智慧《ちえ》の美しさに惹かれることも自然な気持ちのように思う。性愛《せいあい》だけが男女の愛ではない。性愛の伴わない男女の恋を私は信じていない。しかし、性愛を越えた男女の愛の型はあるように思う。恋と愛の微妙なちがいだけれど、恋というより愛と呼ぶ方が広義だし、美しい、強いひびきがある。

五十になってみて、私は今得ている恋を自分から捨てられるだろうかと思い悩む。今、別れることは美しいいし、多少の辛さがあっても今なら美しい、いい想い出だけで終わるような気がする。しかし、何のために、その恋を捨てる必要があるだろう。醜くなった自分の肉体や、若さを失った自分の容貌に自信がないからか。やはり、私はこの恋を捨てまいと思う。はじめから自分の肉体や容貌の自信で恋を得たわけではなかったからだ。

五十歳の恋の停年説《ていねんせつ》をとなえた人は美しい女だった。少女の頃からおそらくいつも美しいということを、周囲からいいつづけられて来た人なのだろう。恋人もすべて、まず美しさをたたえたのだろう。そのため、美に対する誇りがいやが上にも高まり、美しさの衰えた自分を崇拝者の目にさらすことがしのびなかったのだろう。

私の恋はちがう。私はいつでも自分の魅力について考えたことがない。もし私に恋の絶えたことがない理由を考えろといえば、いつでも、私自身が恋をしつづけていたからと答えるしかない。愛されることは嬉しいし愛されることは幸せだ。しかし愛されるという受動的な形は相手次第だから、待ちのぞんでも訪れないことがある。

愛するということはいつでも可能である。愛される前に私は愛し、愛することによって愛されるようになるという真理を何度かの経験で見てきている。

私は五十歳になった。でも恋の箱の蓋を閉じようとは思わない。相手が私を愛さなくなった時、私は激しく泣くだろうし、取り乱すことだろう。けれどもおそらく、涙のかわいたその日から、おそらく次の恋を需めているだろう。醜くなって、裸になれなくなったら私は正直に囁《ささや》くだろう。

「あかりをも少し暗くして。自信がないから、少しでも美しく見てほしいから」

そう頼んだ時、聞きいれてくれないようなデリカシーのない男を、私ははじめから恋の相手に選んだりしない。

女が悔いなく生きるなら

男と女はなぜ恋をしあうのか。家庭があり、貞淑な妻があり、頼もしい夫がいても、なぜ男と女は妻以外の女、夫以外の男に心をひかれ、肉体で愛しあうのか。人間だからと答えるしかない。人間ははじめからそういうようにつくられているのだ。

それが人間の自然の感情だし習性だから、人間は自分たちで自分の心に鎖をつけるため結婚制度や一夫一婦制を考えだしたのだ。

人間の心は移ろい易いものだし、情熱は必ず衰えるものだ。恋の永遠性などはある筈がない。しかし、恋の終わったところから愛は芽生える。これは人間を移ろい易く出来そこないにつくってしまった造物主《ぞうぶつしゅ》が考えだした窮余《きゅうよ》の一策としてつけたおまけではなかっただろうか。

肉体の衰えをはかなんで恋を墓にとじこめてしまう必要がどこにあるだろう。大岡越前守《おおおかえちぜんのかみ》の母が性欲は灰になるまでと、火鉢の灰を指して示したという有名な話は、真理をついている。

日本人はすぐ年甲斐《としがい》もないとか、いい年をしてとか、年よりのくせにとかいう言葉を使いたがる。

田村俊子《たむらとしこ》は五十二歳で年下の友人の夫と恋をしている。その恋の清算をしたのは五十四歳であった。岡本《おかもと》かの子は五十歳で死んだが、その時、夫一平《いっぺい》の他に恋人新田亀三《にったかめぞう》と共に暮らしていたし、死の直前には慶応の学生と恋をした形跡がある。

三浦環《みうらたまき》は五十歳で二十一歳の青年に恋をし、死ぬまで十年間、彼を離さず死に水をとってもらっている。彼女たちの愛人に訊《き》くと、すべて彼女たちが五十をすぎて尚《なお》魅力的であり、可愛い女だったと証明する。

ボーヴォワールはサルトルの恋人として世界に名のとどろいた女性である。二人は籍などいれず、妻とか夫とか呼ばず、まったく新しい形で自由に愛を貫いた。結びつきのはじめから、別の恋をすることも認めあっていた。サルトルもボーヴォワール以外の女に度々恋をしたが、ボーヴォワールとは決して別れようとはしなかった。ボーヴォワールもまたサルトル以外の男と度々激しい恋をしている。カナダの作家オルグレンと恋をし、大西洋を渡って壮大なデートをつづけたのは彼女の四十一歳の時であり、十九歳も年下の二十五歳のランズマンと恋におちたのは四十四歳の時であった。

「ランズマンがそばにいることは、私を自分の年齢から解放した」

と書いている。更年期障害の症状をボーヴォワールは若い恋人を得ることで切りぬけたのだ。

私も死ぬまで恋をしようと思う。それはやがて肉体を超えた愛に至るだろう。その時、私はすぎさった恋の数々の想い出をふりかえりながら、多く烈《はげ》しく愛した生涯に悔いなくおだやかな死を迎える準備を心に持つだろう。

本章2

〝女を生きたい〟実感が欲しいとき

ひとりの男の目だけを頼りに生きるとき

愛することが幸福だ。いや愛されることが幸福だという議論は、昔からあとをたたない。

女は愛するより愛されることが幸福だと昔からいわれてきた。愛されるために、女は女らしく、可愛らしく素直にという教育をされ、物心ついた時から、男に気にいられるように育てられたものだった。

愛されるのが愛するよりたやすいように見えるけれど、果してそうだろうか。愛されるという受け身の形には、いつ、愛されなくなるかわからない、という不安を伴っている。

化粧も髪型も、服装も、すべて男の気にいられるようにあくせくすることに果して幸福があるだろうか。年々に容姿が衰えていくことをどうして防ぐことが出来ようか。

長い愛には倦怠が生まれ、飽きがくる。その男ひとりの目だけを頼りに自分づくりをしてきた女は、その男に飽きられて捨てられた時、どうしたらいいのだろう。同じ好みの男がたまたまみつかれば幸いだが、そうはいかない。

だから私は愛されるより愛する方がいいと胸を張る女性もいる。しかし、いくら愛したって、一方的で相手が答えてくれない場合、愛する幸せだけを謳歌《おうか》出来る楽天家が何人いるだろうか。

相思相愛というありふれたことばがやはりここには出てくる。愛し愛される。その分量はどっちがどうとも見わけ難いほど二人の愛が混然とする。こんな時は生涯まれにしかあらわれない。しかし人を愛したことのある人間なら、この奇蹟のような愛の至福の時に必ず覚えがあるものだ。

その想いが強烈だからこそ、こりずにまた愛を追い需《もと》める。

ある時、私は愛されることの幸せを味わったことがあった。それは今想い出しても、幸福とはあの一時期をさすのだろうと想い出すような、おだやかなぬくもりにみたされていた。

私は自分で何も選ばず、何も考えず、何も感じさえもしなかった。男が選んでくれ、考えてくれ、感じてくれることを分けてもらい、それを受け売りしていれば日がすぎた。

あなたまかせののんきさは、女はか弱く、男は頼もしいという昔からの諺《ことわざ》をなるほどと想い出させた。

しかし、その愉《たの》しさやのんびりさに私は知らぬうちに倦怠を覚えていた。愛されるより愛したいと思った。

ひとつの愛が近づいてきた時、私は愛する勇気を自分にみつけ、それだけで人生が新しくなったように思った。

愛しているとうちあけ、相手がどう返事しようが悔いないと思った。

相手はおどろき、あわてて自分もそうだと答えた。しかし愛していると思ったのは錯覚で、愛されることに甘やかされすぎた幼稚な造反が見た夢にすぎなかった。

自分が需められたいと想うとき

愛するとか愛されるとかいえば、すべて曖昧で不確かになる。需められている、需めていると言葉を置きかえてみたら、すべてがはっきりするのではないかとある日気づいた。

人間は他の動物とちがっている点のひとつに、自分が社会に、あるいは誰かに必要とされ、需められているという自覚なしには淋しくて生きていけないのではないかと思う。

需め、需められていることが最もあらわな形で、はっきりと自覚されるのはセックスの時だろう。官能の快楽だけでなく、その実感をたしかめあうことが出来るからこそ、人はあれほどセックスに固執したがるのかもしれない。

自分が必要とされなくなっているのではないかという不安は、疑心《ぎしん》を生み、妄想を描き、たえまない嫉妬の幻想につながっていく。

しかし、自分がもう相手を必要としていないのだという自覚には、人はわざと目をつぶり、出来るだけ、その現実を直視しまいとする。真実を知ることが怖いし、それを知った後の自分に自信がないからである。

老人がひがみっぽくなるのも、自分が愛されなくなったという疑惑にたえず悩まされるからであろう。

もし、人が愛するだけで幸福になり得るなら、老人はすべて幸福であっていいわけだ。

老人は、子供を愛さなくなっても孫を愛する。孫を可愛がるのは、孫が老人の手を必要とするからで、小さな孫の手をひいている老人は自分が需められていることを幼い手を通してはっきりと感じとることが出来るからだ。

自分が需められていない。いてもいなくてもいい存在だという自覚は、老人を底なしの孤独におとしいれる。

私は老女と呼ばれていい友人をなぜか身近にいくたりも持っている。

もうすでに私が客観的には老いに一歩足をふみいれた年齢なのに、まったく老いの自覚が持てないように、私のまわりにいる老女たちは、誰も自分の老いを認めていない。

私の母くらいのその人たちは、今でも精神はみずみずしく、どうかすると私よりはるかに若々しいのに愕《おどろ》かされる。同年の私の叔母や、まわりの家庭の主婦たちに比べると格段のちがいである。

なぜかと考えてみると、彼女たちはみんなそれぞれ独創的な仕事にたずさわっているからだと思う。

ひとりの友人は、七十歳になるのにどうかすると三十歳にしかみえない。かつらをかぶり、大きなトンボメガネをかけて、いつでも流行の服を着ている。

「安くて、かっこいいものをみつける名人なのよ」

と、逢うたび、彼女は自分の服装をどこでどうやって買ったか教えてくれる。彼女にとって、生活は毎日新しい発見であり喜びであるらしい。

「可愛い人形をデパートでみつけたのよ。フランスの人形だけど、ちょっと手が出ないくらい高いの。でもその人形のことを夢にみるくらいだから、毎日、デパートの特選売場へ通って人形に逢っていたの。とうとう売場の女の子が、私の顔をみてにっこり笑うようになったのよ。この人形なるべく売れない場所に置いててね、逢いに来るからっていったら、どうぞ、必ずお客様に買っていただきましょう。そんなに想いをかけて下さる人に買われるのは人形も幸福ですものっていうの。私人形もいいけど、その女の子がもっと好きになって通ったわ。孫より若い娘さんだけど、可愛いのよ。そして、思いがけない仕事のお金が入った時、その人形を買いにいったの。どんなにその娘さんが喜んでくれたかあなたに見せたかったわ」

その人は昔数々のはげしい恋をした人で、人の夫を盗んだというので、ある歳月人から爪はじきされて暮らしたともいう。

「それがあんまりつらくて、私彼に別れましょうっていったの。そしたら、別れるってことはひとりで別れるものじゃないんだよ、必ず相手の同意がいるのだからもうそんな無駄なことというのおよしなさい。ぼくはお前さんと別れる気なんかまったくないからねっていわれて、ああ、そうかと悟っちゃったの。結局彼は奥さんと別れて、私といっしょになったんだけど、すぐ病気になって死んでしまった。

世間は罰があたったとか、奥さんの怨念にとりつかれたとかいうけど、私全然気にしなかったわ。二人が需めあい、与えあって暮らした歳月の烈しさは私の長すぎる晩年をまだ照らしつづけてくれているから。でも私、その後彼以外の男を愛さないではなかったのよ。新しい恋人が出来た時、彼のお墓でいってやったわ。どう、今度の彼、いいでしょう。あなたも好きになってねって」

私はいつでも歌うような声をあげて訪れてくれる彼女の若さを、永遠なれと祈らずにはいられない。

情事と恋人を別に考えるとき

もう一人の老女といってもいい女ともだちも、不思議な生命力の持主である。たくさんの人を愛し、たくさんの人を幸福にした彼女は、今病んでほとんどベッドの上だけで暮らしているけれど、昔の男たちから届く花に囲まれて、花畠《はなばたけ》にいるように見える。

「情事には終わりがあるけれど、愛には終わりがないんじゃないかしら、あなたは、情事に早く見切りをつけすぎますよ。もっと気長に情事を見守らなければ、それに愛と情事はちがうのよ、どんなすばらしい愛があっても片方で情事はおこり得るのが人間なのよ、私は情事は情事として愉《たの》しんで、それを恋人にうちあけたりはしないわ。次元がちがうんですもの。日本の女はすぐかっとのぼせあがって、情事を稀有《けう》な愛だったなんて早とちりするから悲劇が絶えないんじゃないかしら。私はだから情事は捨てるけど恋人は捨てないのよ」

彼女は十いくつも年下の恋人にかしずかれて、寝ついてしまうまではゆったりと余生を外国の旅などに費やしてきた。

「どこの異国で野たれ死にしても悔いはないわ。私は恋だけは人並み以上にたっぷりと味わって生きたから、その想い出だけでもこの頃の私の夢はきらびやかですよ」

もうひとりの老女は、三十代に出家して、今は有髪《うはつ》の頃よりも長く尼僧《にそう》として生きのびている。

「何もかも遠い昔のことになって、自分のことだったとも思えません」

幼い頃貧乏のため売られ、芸者になって、人より華やかな生活を送り、多くの男たちに次々愛《あい》しとられながら、彼女はいつでも心が飢えていたと語る。

「私がほしかったものは、ダイヤや着物や毛皮ではなくて、人の心だったんです。ほんとに私の心を需めてくれる人を私は需めていたんです。その需め方が異常なくらい必死だったのは、私の育った環境では愛も心もすべてお金に換算《かんさん》されたからです。人の心が決して需めても手に入らないと悟った時、仏さまにすがる気持ちになったのです。頭をまるめてからだって、ええ、迷いは大ありでした。今だって、まだ一カ月に一度くらい、昔の男の夢をありありと見ることがありますよ。ええ、それがおかしいんです。その人が生きていた頃はちっとも好きではなかった人が、夢の中では相思相愛になってあらわれたりするんですからね。不思議なことがあるものです。でもきっと、昔、想われた念が、私にかかっていて、夢に出てくるんでしょうね。いえ、後悔はしていません。四十代で頭をまるめても、五十代で頭をまるめても、私はきっと大して想いの残るような恋人には逢わなかったと思いますよ。それは私自身が早くから需める気持ちをあきらめてしまっていましたから、人に需めるかわりに、自然や目に見えない仏に需めるようになると、そういうものは必ず私の需めに答えてくれますから、私はかつてない安らぎを得られるようになったんです。人はいろいろな人があっていいんだと思います。精神だけが生甲斐《いきがい》の人も、肉欲だけが生甲斐の人も、情念だけが生甲斐の人も。でも、死ぬまであきらめてしまってはいけないようですね。年のとり方ですか？　木の葉と同じつもりです。散る間ぎわに木の葉は美しく鮮やかな色になるでしょう。人間もそうありたいと思います」

私のまわりの老女たちの夢のはなやかさに圧倒され、彼女たちに逢うたび、私までいつでも心が華やいでくる。

本章3

愛を需《もと》める女、需められる女

願望に火をつけられた因果の女

愛し方にも愛され方にも個人別にそれぞれ好みのタイプがあって、それがずれている場合は、いくら一方的に愛しても相手は喜ばないと同様、その反対の時は、こちらも一向に有難くないものである。

相思相愛といっても、ふたりの愛の秤《はかり》の重さが水平に保たれるような時は、ほんとに短い間で、いずれはどっちかが重くなったり軽くなったりで、シーソーのように上下している。

苦しむのは当然愛しすぎてしまった方である。

何度かの苦い経験で、もうわかりきっている火種には近づくまい、火をつけまいと要心《ようじん》するのに、ついその要心がきれて、気がついたら、またしても恋の火の手が上ってしまうのが人の世の恋のようである。

英雄色を好むということばは、何かめざましい仕事をするくらいの活力のある男は、生命力も人並み外れて豊かで、女を愛することも人並み外れて情熱的にならざるを得ない、という説明のような気がするが、男と女の愛しあう心の根には種族保存の願望がひそんでいるのだから、生命力と情熱が自然に一致するのは致し方のない因果のように思われる。

芸術家などというのも、どうしても人並みより多い情熱の火を保たなければ創作することが出来ないのではないかと思う。少なくとも私はそういうタイプの人間のような気がする。

人を愛する自覚、人に愛されている自覚がなくなった時、創作の泉も枯れるのではないかと恐れている。

人に愛される能力は失っても、人を愛する能力は死ぬまで保っていられるのではないかと空想してみる。けれども愛におかえしがつかないで平気でいられるようになるのは、もうすでに女失格の時ではないだろうか。

無償の愛は親の子に対する時だけかもしれない。男女の間で、無償の愛に甘んじていられるようになったら、もうそれは男と女とではなく、どちらかが肉親的になっているか、神に近づいていることだろう。

結局のところ、男女の愛はどんな体裁《ていさい》のいいことをいってても自己愛でないかと私は思う。

人から愛されていると打ちあけられる時、あるいは愛してほしいと真剣にせがまれる時、女は自分が花になったような目まいを覚え、失っていたと思っていた女としての自信を一挙にとりもどす。

ふいに、ある夜、電話で映画に誘われたり、音楽会に誘われたりする。断わる閑のない性急さで声が誘いから嘆願に変る。

女は電話を切ったあとで真っすぐ鏡の前に走っていき、自分の顔をつくづくと見直す。さっきまで疲れと、失意と倦怠にどす黒くよどんでいた皮膚に艶《つや》がさし、目に光がまし、唇がもう何年も昔のようにうるおっているのを発見する。

水をかけられた花のようによみがえった自分を見出して、女は茫然《ぼうぜん》となる。自分の生活がもう何年も平穏と倦怠と日常的な習慣の中に埋没していたかにはじめて気づかされる。

習慣の中にはとうに新鮮な愛のことばも匂いもなくなっていたことに今更のように気づく。

空気も水も太陽も不足していたわけではないのに、なぜ花は色があせ、匂いが薄れていたのだろう。

女は鏡の中にもう忘れていた遠い昔の愛の想い出の、さまざまな場面が浮かんでは消えるのを見る。

まだ新しく人に愛される匂いが残っていた自分の女のいのちを、声をあげて祝ってやりたくなる。

単調な日常のトーンが崩れる。花は時に嵐に吹きさらされた方が、花茎《かけい》を強くし、花びらの色は濃くなるのだ。

やがて、鏡の中に黄昏《たそがれ》の色が沈み、暮れた湖面のように鏡の中に紫色の靄《もや》がたち迷い、女の顔も胸も消しさってしまう。

女の過去の愛の追憶も靄の中に沈めこまれてしまう。

女はため息をついて鏡の前を離れる。

冒険をもう一度夢みる心のたかぶりの中に、この日常の平穏を守ろうとする自衛の心がしのびこむ。

新しい装い、新しい香水を選び、服の丈を仕立て直すことのわずらわしさ……。

それをわずらわしいと感じる自分に、女は正真の自分の年齢を想いだす。

愛を打ちあけ、愛を需める男の怖れを知らない勇気は、男の若さのしるしではなかっただろうか。

新しい愛と冒険に身をまかすより、馴れた日常の習慣を守る方が身の安全だと、女の常識が囁きつづける。

危険の伴う恋は甘く美しいけれど、一歩誤れば断崖からつき墜《お》とされる覚悟がいる。

愛に応じないことが、男を焦《じ》らし、求愛を長びかせ、幻の恋をいっそう美しくみせることを女の経験が知っている。

それでも、最後のチャンスに自分の生命の火を賭けてみる勇気も残っていることを、女は自分自身に納得させてみたい誘惑もある。

それは抗《こう》し難く女をそそのかしつづける。

私ならどうするだろう。

こういう似たような打ちあけ話を次々持ちこまれながら、いつも私は考える。

自分の運命を狂わせ、男の平安を破ってきた女

昔、私は、自分の今日の愛を今日相手に告げなければ、夜が眠れなかった。

明日があるとも思えなかった。もし、今夜の間に自分か、相手が死ねば、この愛は永遠に日の目を見ず、宙に迷うと思うと、自分の愛がいじらしくてならなかった。

私はその夜のうちに駈けつけて男に愛を打ちあけた。打ちあけさえしたら私は気がすんで、すぐ走って帰ろうとする。しかし必ず男がその手を捕え、肩をつかんだ。

そうやって、幾度私は自分の運命を狂わせ、ひいては男の平安を破ってきたことだろう。

そしてどの愛にも必ず、灼熱《しゃくねつ》の時がすぎると、空《むな》しい死灰《しかい》が残され、終わりがあった。

次の愛はその死灰からよみがえるのではなく、別の土からまた芽をふいた。

私は恋をしすぎただろうか。

人を愛しすぎただろうか。

今、私は私の恋の残骸の骨のかけらを、死灰の中から拾いあげながら、自分に訊《き》

いてみる。

どの恋も悔いを伴っては想いだされない。

その時、私は、いつでも恋に燃えていたし、恋する自分に夢中だった。自分が輝いていることが自覚されたし、自分が素直で可愛い女になっていることにうなずけた。

裏切りもし、裏切られもしたが、それらの裏切りさえ、想い出となればなつかしい色合いを帯びてくる。

私はいつの恋の時も、自分より相手を愛していると信じていたし、相手が大病でもすれば、自分の命とひきかえに、相手の健康をとりもどして下さいと何かに必死に祈るのがいつものことであった。

恋の最中には、自分の恋に自己愛などあるとは夢にも疑ったことがなかった。時には本気で相手が死ねば自分も生きてはいないだろうとまで思っていた。そのくせ、いざという時、私はあっけないほどきっぱり男と縁を切ってしまう。あとで後悔するのではないかと、かえって私の決断の速さを、周囲が心配してくれるくらいだった。縁を切る心の中に、私は自己愛を見るのである。

浄瑠璃《じょうるり》の中の女のような、献身や捨て身の犠牲奉仕《ぎせいほうし》は、私の男を愛する心の中にはないと思う。男に尽くしもするし、出来ないがまんもしてみせる。しかし、最後には自分の肥料のために存分に男から栄養分を吸いとってしまっている自分に気づく。もう吸いつくす栄養分のなくなった頃、不思議に別れの時が来る。一応、男の側から問題がおこったように見える時でも、後になって冷静に考えれば、そう仕向けたのは自分自身なのだったと気づくのだ。

それ以上、さめた恋をつづけることが、徒労だと漠然と感じはじめる時、その気持ちは必ず相手にも反映している。どっちが早く手をあげるかが勝負なのだ。

本当のドンファンはいつの別れも女からきりださせるようにしむけ、いつでも自分は女に捨てられたと周囲にも女にも思いこませるという。

捨てられたという不名誉や、男の面子《めんつ》など問題にはしない。彼はもう充分、恋の甘さは吸いとってしまっているのだし、すでに次の恋の対象に働きかけているのだから。

私は自分のことを一度も浮気女だとか、女ドンファンだとか思ったことはない。恋はたいてい、向こうからしむけられてきたものだったし、受けいれた時は、世の妻たちより貞淑であった。しかし、結局十年とはつづかず、短い時は半年もつづかない時もあった。

ただひとついえる事は、もういいかげん、こんな繰りかえしはやめておこうと心に誓ったその翌日、もう次の恋の気配が身辺にただよっていることである。どうしてそうなるのかわからない。おそらく、一つの恋の習慣に倦《う》んだ心が自分で気づかず、何かを期待する気配を自分から滲《にじ》み出させているのだろう。

身ぐるみ裸にされて恋を得た女

若い恋人に夢中になり、わずか五年の間に莫大《ばくだい》な亡夫の遺産をすっからかんに吸いとられてしまった女友だちがいる。

男には妻子があり、妻は夫と彼女との関係をただ仕事上の関係だとばかり思いこんでいたというのだった。

傍から見ていると、この恋の破局はあまりに歴然としていたし、彼女が財産目あての男にしぼりつくされているのは痛ましいほどはっきりしていたのだけれど、彼女は盲になっていて、誰の忠告にも耳をかそうともしなかった。

かつて夫に裏切られ、傷つけられた誇りを守るために、離婚して以来、はじめて得た男であった。

「私の生涯で今ほど幸せなことはない」

と彼女は十も若がえってみえる表情でいった。夫の許《もと》に残した娘が結婚したという年になっていたが、彼女はまだ充分美しく匂《にお》やかであった。

身ぐるみ裸にされて、彼女はようやく男と別れることが出来た。

思ったより明るい表情で彼女は、新しい仕事についたと報告してきた。

「兄弟からも絶縁されてしまいましたわ。でもいいんです。私この数年くらい、自分を無にして人を愛したことってないんですもの。もうすっかからかんになってしまったけど、あれだけ愛し得たという想い出だけでも、残る生涯を生きていけそうですわ。でも、これであきらめてしまうつもりでもありませんのよ。この次はせめて、私の半分の情熱でもいいから男に愛される幸福を味わって死んでゆきたいものですわ」

私は男と別れてむしろ明るくさわやかになった彼女を見ながら、恋の決算書だけは、表向きの損得勘定では割りきれないものがあり、彼女は財産のすべてを失ったけれど、男から若さと、恋するエネルギーだけは吸いとってきていると見た。身を捨てて愛する能力のある者には、愛される能力も自然にさずかるのではないかと彼女の顔を見直した。

本章4

どんなに軀《からだ》を合わせても一つにならない

夫がベッドの中でもらした意外な告白

ふたりの未亡人が訪ねてきた。ふたりとも私には未知の人だったが、私の本の愛読者だという。美しい字としっかりした文章を書く人だった。まだ若く、未亡人ということばが痛々しかった。

ひとりは男の子をかかえていた。もう中学三年だという。そんな大きな子があるとは思えない若さだった。彼女は自分の仕事を持って、息子とふたりの生活を支えていた。

一見屈《くっ》たくなさそうなその人が、ふと話のきれ目に低くもらした。

「主人は病死じゃないんです」

私は一瞬、彼女と目を見合わせた。

「自殺なさったの」

ごく自然にそのことばが口をついて出た。

事故死かと訊《き》いてもよかったのに、なぜか私はその問いが思い浮ばなかったのだ。

彼女はええとうなずき、ちょっと風に目を細めるような表情をした。

それから一気に彼女の語ったことは、小説のような夫婦の生活の歴史だった。はげしく需《もと》められた恋愛時代、両方の家族や友人に華々しく祝福された賑やかな結婚式、外国へのハネムーン。彼女の夫は既に卓抜《たくばつ》な才能を認められかけている優秀な画家だった。家柄もよく、描いた絵を売らなければならないという経済状態でもなかった。

誰からも祝福され、誰からも羨ましがられた。子供は翌年もう産まれていた。しかも男の子だった。

夫は父親に家を建ててもらっていたし、彼女はその家を美しく飾り、居心地いい住まいにすればよかった。彼女も音楽で身をたてたいと思っていたが、この結婚にふみきったことで、自分の野心は捨て、夫の内助の妻になることに何の不平も持たなかった。夫はそうするに足りる才能の持主だと信じたからだった。

家事と育児。平凡で安穏《あんのん》な幸福な家庭。娘の頃、彼女はマイホームということばを嫌悪し、家庭というものに鎖でつながれている妻という名の女たちを嘲笑っていた。その妻になってみて、夫と息子の中に自我も、才能の未来も埋没して、何の悔いも覚えなかった。やっぱり自分は平凡な女だったのだと思った。

結婚三年め、夫がベッドの中で低い声でいった。

「恋人が出来たんだ」

彼女は笑って、むしろ爽やかな声でいった。

「あら、いいわね、どんな子？」

夫が冗談をいってからかっているのだと思ったのだ。

夫がつづいて、その女の名をあげた時、はじめて彼女は全身水を浴びたようになった。夫のところへ半年前から知人を通じて無理に弟子入りしたまだ大学生の少女だった。色の浅黒い、美少女でもなく、目だけ異様に大きな女の子、彼女が、かげで蚊とんぼさんとあだ名をつけて夫に話しているあの少女が夫の恋人とは。愕《おどろ》きが静まる間に、彼女は夫の告白が決してでたらめでないのを悟った。蚊とんぼは一見風がわりに見える少女だが、その浅黒いやせた軀には何か野性の名もつかない若い獣のような俊敏さと柔軟さがあふれていた。もしかしたら、ああいうのをセクシーというのかもしれないと彼女は思った。彼女は色の白い、胸のゆたかな、見るからに暖かな感じのするグラマー美人だったのだ。

夫の告白はまだつづいた。口を切ったことで安心したように、夫は抑制もない調子で、少女とのなれそめから、それまでに至る会話や逢引の場所まで、とまらなくなったテープのように喋りつづけた。

「よしてよ、もう」

彼女が叫びだした時、夫はびくっと全身を痙攣《けいれん》させて口を閉ざした。

手を切ろうとして切れない夫の心の中

それから三年、夫は女と別れるから自分とは別れないでくれと、彼女の足許《あしもと》に身を投げだして泣いたり、彼女が子供をつれて里に帰ると、その門の外に一晩中坐りこんだりして、彼女に許しを請いつづけた。そのくせ、女と別れることはどうしても実行出来ず、話をつけにいくと出かけては、女に泣きつかれて、よりを戻しては帰ってくる。

彼女はそんな夫に見切りをつけ、子供を残し、一人家を出た。もうすっかり思いあきらめていた自分の才能をよみがえらせようとして、ウィーンに行き、学生時代のように音楽の勉強に必死にとり組んだ。

子供を思って眠られない夜もあったが、子供と共倒れになるのはいやだと思った。自分が音楽家として一人前になって、成長した子供とめぐりあえば、子供はわかってくれるのではないか。

彼女は当然襲ってきたホームシックにも歯をくいしばって耐えた。そんな彼女が、ある日下宿へ帰ったら、夫が子供をつれて坐っていた。

「ママっ！」

と飛びついてきた子供の耳の後ろにうっすらと垢《あか》がたまっているのを見とめた時、彼女は声を放って哭《な》いた。

夫が、あの女とは別れたということばを信じようとして、彼女は子供づれの一カ月のヨーロッパの旅をして、日本へ引きあげてきた。

しかしそれから一年もたたないうちに、やはり夫は女と手を切っていないことを発見した。三日三晩、彼女は夫と膝詰談判《ひざづめだんぱん》した。

夫は今度こそ、別れてくるといって、家を出ていった。彼女はそんな夫をその朝、見送りもしなかった。

夫が蒸発したと気づいたのは、それから三日めだった。帰らない夫を、彼女は女にまたしても引きとめられていると思っていたのだ。女の方から電話で夫の居所をたずねてきて、はじめて夫が三日前、家を出たっきり行方不明になっているのを知った。一週間め、夫はもう使わなくなっていた旧《ふる》いアトリエで、首を吊って天井から下がっているのを発見された。

「それっきり、夫の家から離縁してもらいました。子供は夫の籍にはいっていますが私が育てています。もう結婚する気にはなりませんわ。今はイラストの仕事でどうにかたべていけるんです。夫を気の毒と思うより、あんな弱さでひとり逃げたことに対して、まだ憎しみを感じています。ええ、私にも恋人は出来ました。でも結婚も同棲も怖くてする気になりません。どんなに躯をあわせて寝ても、お互いの心は別々ですものね。所詮《しょせん》、人間はひとりで生まれて、ひとりで死んでゆくんだと思いますわ」

彼女はなぜ私を訪ねてきたかという理由はついに最後までいわなかった。数々の恋のはてに、ひとりで住んでいる私を、自分の目で確かめたかったのだと思う。

辛い別れの時が必ず自分を待っている

もうひとりの未亡人はもっと若く、子供はなかった。

「彼はある朝、何気ない表情で会社に出て、その日の正午、ビルの屋上から銀座の舗道めがけてとび下り自殺をしたのです」

一気にいって、彼女はいどむような目をして私を見た。

やはり、はげしい恋愛結婚だった。学生時代、ふたりは共に学生運動をしていて結ばれた。

卒業して結婚後も、二人は共稼《ともかせ》ぎで仲のよい夫婦だった。

「おかしいといえば、私たちただの一度もけんからしいことをしたことないんです。彼が死んでしまってから、友だちがそのことを変だっていうんです。仲がよければいいほどけんかはするものだって。けんかもしない夫婦はどこかに欠かんがあったのだろうって。

でも、私何ひとつ、彼の自殺の原因が思い当らないんです。もちろん、女がいたのかと、ずいぶん調べてみましたけど、そんな影は全然出て来なかったんです。会社でいやなことはあったんですが、まさかそんな死に方をしなければならないほど、追いつめられていたわけでもないんです。私、彼が死んだ後ノイローゼになってしまいました。

残されたというらめしさより、何も知らなかったということが辛かったんです」

彼女はその日、丁度正午に夫の社に電話している。その日、帰りがおそくなるかもしれないという連絡で、そういうことはよくある例だった。

電話口に出た彼は、いつもよりやや沈んだ声で、

「元気でな、何かあったら、かあさんに相談しろよな、きみのかあさんはいい人だから」

といった。彼女は、何をいっているのかわからなくて、

「なあに？　それ？　何のこと？」

と訊きかえした。

「いや、何でもない。ふっとそんなことを思っただけだ。じゃ、ね、そっちから切

ってくれよ」

といった。彼女は少しおかしいと思ったが、夫が冗談をいっているのだとばかり思って電話を切った。恋人時代、どちらも電話を切りたがらず、そっちから切ってよといいあったことを思いだし、むしろ甘い感傷にひたっていた。

彼はその電話を切った直後、屋上に駈《か》け上り、決行したのだった。

「前の日、彼は、私の母を招いて、無理に泊めたんです。私たちはアパートの部屋に三人並んで寝て、彼とは夫婦らしい会話はしませんでした。考えてみれば、その晩も計画的だったといえます。でもなぜ彼は死ぬほどの気持ちを妻の私に片鱗《へんりん》も話さなかったのでしょうか」

彼女はそう自問するようにつぶやき、切れ長の目に涙をはじめて見せた。

まるでするめのようになって死んだ夫の死に様がいつまでも目の底にやきついていて、半年ばかりは夢でうなされ通しだったという。

「私をいたわってくれたにしては、この結果はあんまり残酷です。本当にいたわりや愛があれば、こんなむごいことをしないと思うんです。私たちは少なくとも理解しあった夫婦のつもりだったのに、彼は結局はひとりで生きていたんですね。人間って、いくらセックスでとけあっていたって、結局ひとりぼっちなんですね」

私はたまたま、同じ結びのことばをいうふたりの未亡人に相前後して訪ねられた不思議を思った。

彼女もまた、何故私を訪ねたか、はっきりした理由はいわなかった。私の書いたものを通し、私の生き方を知っていて、私になら、何を話してもわかってくれると思ったのだろうか。これだけ、人間の心の孤独を思いしらされ、人間の心のはかり難さを思いしらされているのに、まだ彼女たちは、人の心に訴えたいという呼びかけの気持ちを持っているのだ。

人間は所詮ひとりだからこそ、他人とのコミュニケーションを欲するのであり、愛する相手をほしいと希《ねが》うのであり、その愛を独占したいと思うのだろう。

出逢いには必ず別れが約束されていることを忘れがちなのも、人間のいじらしさかもしれない。別れの覚悟を定めて、出逢いの愉しさに酔うことの出来る人がいたら、それはもう人間ではない。

未来の別れには目をつぶって、人は出逢いの神秘を喜び、出逢いの甘さに酔えばいいのだと私は思う。どんな別れが前途に待っていようと、出逢うことをさけて通るのは淋しすぎる。その人の生涯で別れの数が多かったということは、出逢いの数も多かったということが出来る。

　どんな残酷な別れに苦しめられようとも、別れの辛さを一度も味わわない人の生涯よりは、私は彼女たちの生が深くゆたかだったろうと信じている。

　一度訪れたきり、ふたりともその後杳《よう》として消息が知れない。私はそれでいいのだと思っている。彼女たちは土を掘り、穴に苦しみを埋めるように、自分の苦しみを少しでも他に移したく私を訪ねて来たのだろうから。

本章5

自分のしるしを刻みつけたい人は

未知を欲しがる期待の底には

「この世の中で、人はいたるところで出逢う。重要なのは、この日常茶飯の出逢いから生ずることである」

というのは、マルグリット・デュラスのことばであるが、あらゆる出逢いというものは、ほとんどまったく偶然に、予期せぬ時に、降って湧《わ》いたように人に訪れる。それはまったく日常茶飯のこととしてあらゆる場所にさりげなくあらわれる。

人はほとんど無意識に無防禦《むぼうぎょ》にその出逢いを受けいれてしまう。

同じバスや、電車に乗りあわす。同じ軒下に雨をさけあった。人ごみで押されて思わず、肩と肩をぶっつけあってしまう。町角で道をたずねられる。郵便局のあり場所を訊《き》く。辻公園のベンチに隣あわせて坐る。喫茶店で否応なく向いあってしまう…。ｅｔｃ、ｅｔｃ……そのどれをとってみてもごく平凡で日常的な出逢いなのである。しかしある人々にとっては、その何気ない出逢いが決定的な運命となって生涯を変えてしまうような核になってくることがある。

人は人生の途上であらゆる物と様々な出逢いをするが、最も重くて神秘なものは男と女の一瞬の出逢いであろう。

有縁《うえん》、無縁《むえん》ということばがある。仏教ではすべての有縁の糸は前世からの約束ごとだという。何が有縁でどれが無縁か、出逢いに目じるしなどありはしない。しかし人は逢った瞬間、それを感じとってしまう。有縁を感じる時、相手の職業や経歴をつぶさに知ってからではない。俗に一目惚れという状態にいきなり投げこまれてしまうのだ。それが一方に起こり、他方に起こらない場合だってある。しかし、一方に有縁の糸が結びつけられたということは、他方にもその糸の端がいつ結びつけられるかわからないという期待と願望が、一方に生じたことになるのだ。

あの時、あの場所に行きさえしなければ、あの人と逢うことはなかったのに――

あの日、あのパーティに出るのを断われば、あの人と逢うことはなかったのに――

後になってよく人は自分を運命的に変えた一瞬の出逢いを追想し、後悔したり、なつかしがったりする。しかしそこにその時間に行くことが、その人の約束された運命であり、そこにひとつの出逢いが待ちぶせていることがまた運命なのである。逢ってはならない人に逢ったと後悔してもはじまらない。人生に逢ってはならない人などはじめからいないのであって、人は地球上のあらゆる人々と生きているかぎり逢う可能性があるのだ。未知の出逢いに対する漠《ばく》とした期待と不安を抱かない人間があるだろうか。生きるということは、明日への、いや今日の午後への、いや、やがてくる一時間後への期待と願望と不安のないまじった鎖をたぐりよせていくことではないだろうか。

あらゆる人は現状に満足してはいない。現実の人生は人の内的世界の夢の豊富さや期待や願望に対して、あまりにも貧しく、いやしく、醜くすぎる。まして現在の世界や社会は、どっちを見廻しても、牢獄《ろうごく》であり、でなければ血みどろの殺戮《さつりく》の戦場である。家庭もまた賑やかな家具のつめこまれたまま、不毛の砂漠に似ている。

人は信じあったふりをして生きているが、真のコミュニケーションがあるとは信じてはいない。自分が人を信用していないと同様、自分が理解されていないという苛《いら》だちと不満のため、多かれ少なかれ、誰もがヒステリー症状に投げこまれている。

こんなものではない別の生き方、もうひとつのあり得た自分の人生を、深夜ふと目覚めた時に、あるいは倦《う》んだ午後のふとしたひとときに、秘かに思い描いてみない人間があるだろうか。この苛だたしい、あるいはたるみきった現実を変えてくれるもの、それは未知の出逢いがもたらす未知の「愛」か、もしくは「恋」以外にはないことを、人は漠然としかも確実に信じている。

人生を深く誠実に生きようとし、自分の生命に強い愛着を抱いている人ほど、未知の明日への期待が激しい。言いかえれば「愛」をもたらしてくれるもうひとつの出逢いを待ち望んでいるのである。

こうして充分に蓄電された電池を抱いた人々に、出逢いの神秘はたちまち感応する。

自分の死をゆだねられる人は

ある日、彼女は彼に出逢う。その瞬間まで互いに名も知らなかったふたりの間に電流が通じ、火花が散る。ふたりだけにしか見えない虹が互いの間にかけわたされるのを彼らは認めあう。もしかしたら、その虹は自分の目にだけしか映っていないのではないかという不安で、彼らはつつましく謙虚になる。

新しい恋と愛がその出逢いによってもたらされた時、彼らの生活は一変する。外的には何の変化ももたらされないけど、彼らは倦みきった日常に生命がよみがえり、灰色に沈んでいた馴れあいの暮らしの中に、いきいきとした弾《はず》みがつき、自分自身をなだめていたごまかしや嘘がひとつずつ、自分の中で打ち砕かれていくのを感じる。

性急にこれまでの過去を捨てたくなり、出逢い以後の新しい生を生き直してみようと思う。自分の長い間期待していたものはこの出逢いだったと思いこむ。過去にも、こうした出逢いがあり、そこから生じた関係がつづいていることをまったく忘れ去ろうとする。遠い色あせた出逢いの想い出は、この場合いっそう色あせて見え、現実に降って湧いた新しい出逢いこそ宿命的なものだと信じこむ。

しかし、出逢いは人生のいたるところに待ち望んでいて、ふいにどこにでも現れるということを忘れてはならない。今日の出逢いも、かつての出逢いのように色あせて見える日もやがて来ることを考えておかなければならない。

出逢いが大切なのは、必ずそれが別れを伴って現れるからである。

人は以前の出逢いに今度の別れがかくされていたことを見過し、過去の出逢いはまちがいであったから別れを伴ったので、今度の出逢いこそは宿命的な唯一の出逢いだからまっとう出来ると思いたがる。なぜならやはり、心の奥底では、出逢いの背にぴったり別れの影がはりついていることを予感しているからである。

別れの影をひきずっているからこそ、人と人の出逢い、特に男と女の出逢いは哀憐《あいれん》がつきまとう。

人は逢うために生きているのであろうか。

人は別れるために生きているのであろうか。

男と女の愛の行手《ゆくて》に必ずひかえている別れは、生別もあれば死別もある。そのどちらに苦悩の度が深いかは、愛の形によって千差万別であるが、生別はさけられても死別はさけられないことから、人は死別にはあきらめを持つことが出来よう。愛する人の手の中で死にたいと願い、愛する人を自分の手の中で逝かせたいと思うのは、愛の究極のエゴイズムであり、最も強い愛の証しの心情ともいえる。所詮、男も女も、自分の死をゆだねる相手を需《もと》めて精神の彷徨《ほうこう》をつづけているにすぎない。世の中の妻という立場の女が、夫にしばしば裏切られながらも、妻の座を守ろうとするのは、夫の死を見送るのは夫のどの女でもない自分だという自負心と安心に支えられているからである。

どのような恋も愛のかわりをつとめることは出来ないといったのも、人生の出逢いを最も重要な小説のテーマとして常に選んでいるデュラスであった。

彼女はまた『タルキニアの小馬』という小説の中で、

「愛には、ヴァカンスなんてないんだ、そんなもの、ありゃしない。愛情生活というのは、それにともなう倦怠その他一切をひっくるめて生き抜かなきゃならないんだ、そこにはどんなヴァカンスもありっこないんだ、愛というのは、そういうもんなんだ。そこから逃げることなんかできやしない。生活から逃げられないのとおんなじさ、そのきれいなところも、きたないところも、退屈なところも、みんなこみでね」　　(田中倫郎訳)

と作中の男にいわせている。

けれども人はひとつの愛に馴れると必ず、他の愛を思い描く。もうひとつの出逢いがまだどこかにかくれて、自分を待ちぶせているのではないかという期待を捨てさせることは出来ない。

青春は、出逢いの可能性が海の波のように、すきまもなく自分をとり囲んでいる季節といえよう。ただ、花がいい匂いをたてて咲いていれば、自然に、蝶や蜂が寄ってくるように、さまざまな出逢いがひっきりなしに、波のように打ちよせてくる。そのおびただしさはともすれば足をすくわれそうなほどに目まぐるしい。その中から偶然選んだひとつの出逢いは所詮は高価な賭にすぎない。

見合いという陳腐な形式が今でもまだ根強い力を持って存続しており、相当知的な若い男や女が、唯々《いい》としてそのお手盛りの出逢いに臨んでいるのはどういうことか。彼らはどうせ、青春の出逢いが賭にすぎないということを本能的に知っていて、それなら、自分たちの経験を唯一の信条にして、なるべく無駄のない合理的な出逢いを未経験な若者のためにプロデュースしてやろうという大人の思い上ったおせっかい心に甘えて、青春だけに与えられた冒険への情熱を怠惰に売り渡し、良識というあいまいな呼名の習俗に身をゆだねようとする。責任はプロデュースした大人にあるのであって、自分にはないという逃げ道が、ずるい逃げ道がそこに用意されている。

大人たちはこぞっていう。未経験者は、真の出逢いを見抜く目が具《そな》わっていないと。しかし出逢いの神秘さは、経験や、年齢と何の関わりもない。ある日、それは雷鳴のように襲いかかり、電光のようにその人の運命を一瞬に照らしだし切りさいてしまうのだ。

出逢いが自分に思い知らすものは

昨日までとりすまし、落ち着ききっていた一見平穏な家庭の貞淑な妻も、宿命的な出逢いの前にはひとたまりもなくうち砕かれ、一瞬の電光によって思わず照らしだされた自分の内部の深い森林の中に棲《す》む獣の目の輝きを見てしまう。眠っていた獣は、出逢いの神秘さに永い眠りをよび覚まされ、本来の野性の血の高まりを思いだし、自分をとりまいている平穏という銀の檻《おり》のもろさを自覚する。

出逢いの電光は一瞬にして檻の柵を灼ききっていることに気づくのに時間は要らない。

彼女は檻を踏みにじり、自分でもすっかり忘れきっていた森林の咆哮《ほうこう》をあげる。野性が全身によみがえり、これまで衰えていた獣の本来の目の輝きがよみがえり、鈍っていた感覚は研ぎすまされてくる。森の匂い、苔のしめり、月光の冷たさ、彼女は本能が教える森林へかけもどっていく。

こんな自由を忘れ、どうして今まで生きられたのか不思議に思う。

しかし、新しく得た自由には、嵐がおそいかかり、外敵の襲撃も受ける。彼女よりもっと自由に暮らしてきた出逢いの相手は、何かにつけ、足弱《あしよわ》な彼女にすぐもどかしさと苛だたしさを感じる。もともと、野性の血が濃い放浪性の彼が、いつまでもひとつの平安に満足しているはずがない。

気がついた時、檻を出た獣は傷だらけになって見捨てられている。

その時、傷ついた獣は昔の銀の檻の中の平安とかったるい日常性のおだやかさをなつかしみ、烈しい悔いを感じて泣くだろうか。

運命的な出逢いを呪い、あの出逢いがなかったならばと自分の軽率を恨むだろうか。人は未知の出逢いを予感することは出来ても予知することは出来ない。出逢いは決して予告しては訪れない。

気がついたら、無意識的で日常的だったと思いこんでいた出逢いが、自分の心にも思いもかけない深いくさびを打ちこんでいることに気づかされる。

人は出逢いの神秘と威力を怖れて、出来るかぎりそれをさけ、その猛威の前から身を守って暮らすのが賢明だろうか。それとも、人のふみ固めた標識ばかり立った大道を昼間を選んで歩き、出逢いをやりすごすことにのみ意を使って暮らすのが聡明《そうめい》だろうか。

それもひとつの生き方にはちがいない。しかし、出逢いの出逢いたるゆえんは、そういう慎重な要心にもかかわらず、やはり、雨や風のように不可抗力的におそいかかることにあるのだ。

それなら、出逢いに直面した時、どう身を処したらいいだろうか。私は無防禦に天真《てんしん》に出逢いに直面するのが最もいい護身術ではないかと思う。この一度きりしか味わえない人生で、ひとつでも多くの心にかかる出逢いにめぐりあうことは、決して不幸ではないと信じるからだ。

万一、ひとつの出逢いにめぐりあったばかりに、その人の運命が思いもかけない波乱の中に投げこまれ、生活の秩序がかき乱されてしまったとしても、長い目で見た場合、そういう人は、その出逢いをさけたところでまたもうひとつの似たような出逢いに逢う運命に置かれていたことに気づくだろう。

大切なのは出逢いによってもたらされる、得とか損とかいう決算勘定ではなく、ひとつの出逢いがひとりの人の人生に、どれほど深い想い出を刻みつけ、物を感じさせ、考えさせ、自分のエゴと他人のエゴとのかかわりあいのきびしさを思い知らされたかということにあるのではないだろうか。

私自身は、半生の過去に出逢いの怖ろしさを、もういやというほど身に味わいつくしてきたが、それより以上に出逢いの有難さをその何倍もの強さで味わいもしてきている。

他人に知らされている出逢いや、秘密にされたままの出逢いなど、過去の出逢いのすべてが、ある日、ある時、ふいによみがえってくることがある。それは風呂の湯舟にゆったり深夜ひとりで身をゆだねている時とか、頭が灼けつくようになるほど仕事をしていて、ふっと目をあげ窓の外の空と屋根の波の上に目を放った瞬間などに訪れる。あるいはまれに見るテレビの画面に一瞬よぎった人の俤《おもかげ》の類似や、ふと通りすがりに耳をかすめていったラジオの音楽などからもそれはよみがえる。

もう、まったく自分でも忘れきっていたと思いこんでいたささやかな出逢いも、ある日、突然よみがえってみると、それらの短い日々は、歳月に結晶作用をおこし、小粒ながら曇りのない宝石のような輝きをもって、心の襞《ひだ》の奥に縫いとめられていたことに気づいたりする。

その当時、恨みに思い、一日も早く忘れ去りたいと思った出逢いもないではない。

しかしそれさえ、歳月がさらしてしまうと、やはり無縁のゆきずりの縁よりも、心にかげりを残してくれただけなつかしく、その頃流した泪《なみだ》の分量だけ、自分にかかわりの深かったことを思い知らされるのである。

自分が心を震わせて待ち望む出逢いは

自分が数々の出逢いによって得た想い出の豊富さを思いかえす時、出逢いの相手の中に、自分がどういう形でつなぎとめられているかを自然に考えずにはいられない。

人がこの世に生きていく弾みになるもろもろの感情の中には、ひとりでも多くの人に自分を何らかの形で記憶されたいという願望がひそんでいはしないだろうか。旅先の樹や壁に自分の名を彫りつけたがる人の習性を、小児性とばかりは笑えない。人が仕事に打ちこむのも、人が子供を産むのも、人が物を創り出そうとするのも、他者に自分の生きていたしるしを刻みつけたいと希うからではないだろうか。

数々の出逢いに怖れず直面し、出逢いの重さと神秘に勇気を持って当った人間には、少なくともその相手にだけは自分の生きていたしるしを刻みつけることが出来るといえよう。

所詮、恋は愛のかわりにはならない。人は永遠の愛を需《もと》めて性こりなく恋に憧れる。おそらく死の瞬間まで、人はもっとちがったもうひとつのあり得た自分の生を夢に呼びながら死んでいくのかもしれない。

その時、彼女を慰めてくれるものは、死の床で手をとってくれている肉親や友人の手ではなく、生きてきたすべての日々にめぐりあった無数の出逢いの想い出ではないだろうか。

若いくせに冒険を怖れて、お手盛りの出逢いを期待するなどというのは、青春放棄の若年寄である。

中年になって、出逢いの魔力を怖れて尻ごみし、楯《たて》ばかりかまえるのは、育ちぞこないのひからびひねくれた花である。

老年になって、出逢いの有難さを感じないほど、想い出の出逢いを持たないのは、明らかに貧しいひもじい精神生活しか送らなかった失敗の人生といっていいだろう。

男と女の出逢いの重さといっても、つまりは、人間と人間の出逢いの重さである。

人はいたるところで出逢う。重要なのはこの日常茶飯の出逢いをどのように自分の実人生に繰り込み、深い有縁のものと消化し、血と肉にして、自分と同時に他者の人生を肥えふとらせていくかという心構えと、生活技術ではないだろうか。

最初の出逢いを人は記憶することが出来るが、最後の出逢いは死の瞬間まで人には残されている。最後に出逢うものが、人であるか、思想であるか、慰めか、悔いか、はたまた神であるか、誰が知ろう。それだからこそ、人は今日の午後の……明日の、出逢いを心震わせ待ち望むのである。

本章6

今、なくてはならない女になるべきだ

男の言葉によって納得させられてしまうとき

別れ上手と自称する男がいて、自分の女は別れた後も決して恨んでいないし、むしろなつかしがっているという。その男の別れ方は自分の方からはいいださず、女がたまりかねて、そういえば男が何とか反応を示してくれるだろうかと思って、ちらと別れ話をほのめかしたとたん、それにとびついて、すぐ別れに応じてしまうというのである。いつでも男は捨てられた形、女は捨てた形で別れてやることが、女の自尊心をやわらげるのだというのであった。

渡してある鍵をある日、女がかえしてくれという。男はその時、なぜと問いかえさず、すぐ鍵を女の掌《て》にかえしてしまってから、その掌を鍵ごと柔らかく押えつけ、この鍵をとりかえされる日があるなんて思ってもみなかった。こんな日も予想しておかなければならなかったんだねえと悲しそうな表情をつくっていう。

女はそんなにあっさり鍵が自分の掌に返されることは夢にも考えていなかったので、あわててしまうが、男がたてつづけに別れのことばを並べたてるので口をきくことも出来ない。気がついた時は、男との縁は切れてしまっている。しかもそれをいいだしたのは自分なのだと、男の言葉によって納得しなければならないのだ。

ドンファンは決して女に恨まれるような別れ方はしない。私は男が話してくれる数々の女との別れの場面を聞き乍《なが》ら、男から別れを宣告されて狂乱する女よりも、心ならずも自分から別れ話を招いてしまった女の、別れの後にもくすぼり残る未練を思いやって涙が出そうになった。

決して女に恨まれていないと自慢する男の顔をみつめながら、この陽気なドンファンは、女を何人、手にいれたかしれないが、まだ尚、女のほんとうの悲しみはわかっていないのだと思った。

その場は取りかえしのつかない別れをしてしまっても、時がたてば自分の軽率さから、男に便宜を与え、男がそれを利用して、体《てい》よく自分を捨てたのだということに気づくだろう。いや、鍵を受けとったとたん、たいていの女はその事に気づいている。それを気づかないふりをするのは女に残された最後のプライドであり、それは男が和らげるなどということばで使ったより、もっときびしい切ないプライドなのである。

男にとって別れに都合のいいのは、インテリ女だといわれるのも、インテリ女ほどプライドが高いから、自分を落とす最後の一線のひき方が早く、自分の感情をプライドと意志で断ち切って、ともかく別れを決定するからであろう。

私は恋をした場合、およそプライドというものがなくなってしまう。女が男に惚れて、どこにプライドを残す場所があるだろうというのが私の感じであって、私は惚れた男のいいなりになる女であるし、その足を洗うこともちっとも厭《いや》でなく、すすんで男の前にひざまずける。そういうプライドの稀薄《きはく》さを、私は女友だちに指摘され、はじめて気づいたが、それを決して恥とも思わなかった。

だから私の男との別れ方をふりかえってみると、どれも颯爽《さっそう》としたものはなく、泣きの涙の別ればかりである。

普通のおだやかな生活をした同年代の女の人よりは、私は多くの男たちと交渉を持ち、たくさんの恋を味わったといえよう。それだけ、男たちとの別れの数も多いわけだが、出逢いが心にいつまでも残る男よりも別れ方が心に沁《し》みついている男の方が、時が経ってしまうと、本当の愛が深かったのではないかと思えるようになってきた。

これは私が年をとったという証拠かもしれない。

別れは必ず理不尽に襲いかかるものだ

恋の出逢いは、ほとんどが偶然であり、偶然の一瞬が、運命を更《か》えてしまう。しかし別れが突発的に訪れるのは、戦争か、急病死か、事故死であって、日常的な生活の中では、徐々に別れのチャンスが用意されていく。

私は夫の許《もと》からも長い恋人の許からも、自分から去っていった。それからまたしばらく暮らした男には出ていってもらったが、男が出たがらないので私がふたりで住んでいた家を出て、しばらくホテル住まいをした。

そんな形を見れば、私はいつでも男に捨てられたのではなく、男と旧い愛を捨てて、立ち去って行った気の強い女のように見える。

しかし私はどの別れの場合も、自分が男や旧い愛を捨てて行くのだという自覚はなかった。いつでも何故こういうことになるのか嘆き悲しみ、涙をいっぱい流して別れにのぞむのだった。

私はいつでもせいいっぱいの努力をその愛のために尽くしたつもりなのに、結果的には破局を招くようになる。私が悪いのか、相手が悪いのか、いやおそらく、その両方に責任があることなのだろう。私は愛はどんな場合も、どんな組み合わせでも、プラス、マイナスは五分五分だという考えを持っている。一方的に傷つけたとか、傷つけられたとかいうことは絶対ないと思う。

私は別れた男のだれひとり恨んだり憎んだりはしていない。しかし、もう一度めぐりあいたいと思う男と、そうでない男はある。もう一度逢いたい男とは、もし、偶然が逢わせてくれたら、思わずなつかしさだけがこみあげてきて、思わず両手をさしのばしてしまうだろうという気がする。そして相手の男も私と同じくらいのなつかしさを抱いて、ようと、声をかけてくるような気がする。

昔、有名だった映画に『舞踏会の手帖《てちょう》』というのがあった。美しく華やかだった社交界の未亡人が、旧い舞踏会の手帖をとりだし、そこに書きこまれた想い出の昔の男たちを一人ずつ訪ねていってみるという映画だった。

もし、現実にそんなことがおこったら、おそらく人はみんな失望して帰ってくるのではないだろうか。

別れも愉しということばがあるが、私はどの男との別れも愉しくなんていうのどかな気持ちでのぞんだことは一度だってなかった。別れはいつも辛く、みじめで、苦さにみちたものであった。どちらかにとって、別れは必ず理不尽に襲いかかるものであった。

その痛みや苦さからたち直れるのは時間という良薬しかない。

そしてある日、気がついた時、あの痛い苦い別れさえもふと、なつかしい情感とともに想いだされてくるのである。

この間、必要があって十年近く、やりっぱなしにしていた写真の整理をしていたら、思いがけなく、男たちの写真がまざっていた。それらは見ればすべて写した場所も季節も、情景も、その時の会話まで想いだされるものばかりであった。そして、男たちのその折り折りの表情は、もっと多くのことを私に想いださせ、語りかけてきた。

私はちょっと思案にくれてそれらを一枚一枚眺め直した。もう一度逢って、話しあいたい男もあり、出来ることならもう一生逢いたくない男もあった。

私はそのどちらも、男だけが写っている写真を集めて、それぞれ袋にいれた。

どの男も家庭を持ち、子供があり、平和に暮らしている筈《はず》であった。今、それを突然送りつけることはどうなるであろうか。

男たちは思いがけない過去の自分にめぐりあい、なつかしがるよりぎょっとするのではないだろうか。私が想いだしたように、彼らもことこまかにその日の光景を一挙に思い浮べるであろうか。それとも私が一瞬、自分の目を疑ったように、そんな日、そんな時間のあったことをまったく忘れさっていて、突然思いがけない自分の姿や、表情を見つけて、とまどい、目をみはるだろうか。

私はそれらをもう一度みつめ直してから、もう逢いたくない男の方の写真をまとめ、共通の友人に渡した。

「あの人にこれ送ってちょうだい。手紙は何もつけないでいいわ」

友人はそれらを一枚一枚とひきだしてみせ、

「若くとれてるわね、みんな」

とつぶやき、そのまま、袋に入れ直して、セロテープでぴたりと封をした。

私は私が突然、死んだ後に、それらの写真が他人の手でひき出されたりするのは嫌だった。焼いてしまえばいいのかもしれないが、それが燃えて悪臭のある煙をあげるのを見るのは、とても神経がたえられまいと思った。

別れの覚悟を心にたたみ込んで逢うべきだ

私はもう、これからは、過去のような辛い別れを私の余生《よせい》に持ちたいとは思わない。決して持ちたいとは思わない。

しかし、私の望むと望まないにかかわらず、人を愛した以上は必ず別れは訪れるものだ。人は別れるために出逢うのであり、出逢うために生きるのである。

私が生を終わらないかぎり、私はまだこれからも人に出逢うだろう。そして性《しょう》こりなく、別れをくりかえしていくのだろう。

私はコレットの小説の『シェリ』が好きだ。四十すぎた高級娼婦《しょうふ》が友人の息子の未成年のシェリを愛し、シェリが結婚する時、シェリに別れをつげる。

女は、自分の部屋から出ていくシェリを見送りながら、自分はもう若くはないのだとつぶやく。同じような場面が、同じフランスの女流作家フランソワーズ・サガンの『ブラームスはお好き』の中にもある。

やはり年上の女が若い恋人を自分の部屋から追い出し、その背に、もう自分は若くはないのだとつぶやく。

去っていく若者の背は別離の悲哀にどんなにうちのめされていようと、その足どりは軽く、そのしなやかな背には若さと朝日が輝いているものだ。

恋人との別れで、いちばん心慰《なぐさ》まるものは死別であろう。死はすべてを清め、あらゆる想い出を浄化して、美しい想い出だけを輝かせる。

しかし死にまで伴っていく恋は疲れすぎ、そこから恋の輝きが消え失せているのではないだろうか。

本当に恋をし、恋を輝きのまままっとうさせようとしたら、心中しかないと私は思う。だからこそ、あらゆる国のあらゆる時代の心中が美しく語りつがれて人々の憧れを呼ぶのだろう。死体の醜さや無惨さは伝えられず、死の美しさと愛の強さだけが後世には伝わっていく。

かといって、心中も若くてこそ出来るもので五十すぎの男女の心中死体などは想像しただけでも見苦しい。

やはり、恋は若いうちにするべきものである。中年すぎてもなお恋をあきらめきれない時は、いつでも別れの覚悟をしっかりと心にたたみこんで恋人に逢うべきだろう。

これは私自身が自分に毎日いいきかせていることばである。

別れたあとでなつかしがられる女になろうとするより、現在なくてはならない女になることが女にとって、幸福なのは今更いうまでもない。

愛とは現在にしかないものだ。

本章7

自己愛の醜さをさらす女心

取り乱してしまう信じられない気持ち

平林たい子さんのお葬式の時、丹羽文雄《にわふみお》氏が懇切な弔辞《ちょうじ》を読まれたが、その中で、あなたは男まさりの女傑《じょけつ》のように思われているけれど、小堀《こぼり》さん（作家・故小堀甚二《じんじ》氏）と別れる時には、只《ただ》の女らしく取り乱したという表現をされた。

あれはもう二十年近くも昔のことだろうか。その頃私はまだ小説を書きはじめたばかりで、女流文学者会にも入っていず、平林さんとは面識もない時であった。しかし平林さんの所で出入りしている女性月刊誌の婦人記者に友人がいて、その人から当時の平林さんのことをよく聞かされた。ご主人の小堀さんが女中さんに子供を産ませて、数年もかくしていた事実がばれたという事件の頃、彼女が訪ねていくと、早朝から平林さんは小堀さんに鋏《はさみ》や硯《すずり》を投げつけて荒れ狂っていたとか、自分から新聞社へ電話をして、小堀さんとの破局のいきさつを発表しながら、小堀さんの悪口をいいつづけていたとかいうものであった。その話は、それまで平林さんに抱《いだ》いていた私の中のイメージとはおよそかけ離れていて不思議な気持ちがした。まだ三十代のはじめだった私は、その頃、四十半ばの筈《はず》だった平林さんがそんな取り乱しようをするのが信じられない気持ちだった。

それから間もなく女流文学者会に入って、平林さんをま近に見たが、もうその頃の平林さんは小堀さんと別れてすっかり落ちついていて、堂々としていてとても髪をふり乱し、朝っぱらから、不貞の夫に鋏や硯を投げつけた人とは想像も出来なかった。

女流文学者会の人が、親しくなると、平林さんは小堀さんの情事がばれる直前まで、若い恋人が出来ていて、会に来るとその人の話ばかりして、近く小堀さんと離婚したいといっていたのよ、不思議ねという話をしてくれた。

それを聞いて私は何だかおかしくなって声を出して笑った。まさか、十年ほど後に、私が平林さんと同じように取り乱すはめになろうとは想像もしていなかったからである。

それからしばらくして、私は平林さんと何かの会の帰り車で一緒に送られたことがあったが、その時、平林さんが飼っていた熱帯魚の話が出て、

「魚は人を裏切りませんからね」

とつぶやいた低い声が忘れられない。

泣きわめき、惑乱する突然のショック

四十をすぎた頃、私は四つ年下の男と同棲していた。それ以前十年近い間、これは十以上も年上の男といっしょに暮らした後であった。しかし前の男は家庭があって、週を二分して、家と私の部屋を行ったり来たりしたのだから、正確な意味では同棲とはいえない。つまりは通ってきていたのだ。

年下の男とは朝から晩までいっしょにいる純然たる同棲で、内縁の結婚生活といってもいいようなものであった。彼は私の家から、毎日会社に通い、夜になると帰ってくる。様々な成行きで私は彼と暮らすようになってしまったが、別れた男を決して嫌になっていたわけでなく、何となく年下の男に押しきられた形でそんなふうになってしまったのが内心不満だった。

いっしょに暮らしはじめてから、何となくその男が目障《めざわ》りで、会社に行ってくれるとほっとしていた。それでも男との生活が息苦しく、私はつとめて用事をこしらえて旅に出た。何日でも平気で旅にうろつき泊まり歩き、男の待つ家に帰っても、別段すまなかったという気もしなかった。

まだその上、男の勤め先と私たちのその頃の郊外の家が遠いのを口実に、男に勤め先の近くに部屋を借りて、土、日に帰ってきてはどうかなどといいだした。

男は何度も私にそれをいわれるうち、部屋をみつけてきて、ある朝引っ越していった。私は仕事机から立ち上がって、ちょっと手を振って見送った。もちろん、その部屋を私も時々仕事のために利用するつもりだったのだ。男と私の部屋が都心にひとつ増えたというくらいの軽い気持ちだった。

しかし男はその部屋で新しい自分の生活をはじめる心組《こころぐ》みがわいていた。男に執心《しゅうしん》している若い会社の女事務員と、その部屋でいつか新しい生活をはじめてもよいと感じだしていたのだった。

その部屋で男にそれを突然切りだされた時、私は逆上した。

その瞬間まで私は内心男に飽き飽きし、男が持ちだす金に不満を持ち、男と別れた後のすがすがしさを日に何度となく思い描き、昔の男や、まだこれからあらわれそうな未来の男を思い浮べ、どの男も、現在の男よりはましだろうなど考えていたことをきれいさっぱり忘れさってしまっていた。

私は泣き、わめき、物を投げ、噛みついた。男は私の惑乱と攻勢にたじたじとなりながら、

「それじゃまるで平林さんじゃないか」

とどなりかえした。私は男に向かって、何か危険なものを投げつけかかっていた手を一時に萎えさせ、ふいに笑いだして腰を落とした。

「ほんとだ」

私は笑いながらつぶやいた。かつて私は男に、平林さんの狂乱ぶりを笑い話にして聞かせたことがあったのだ。

それからまた、私は突然立ち直り、男に襲いかかっていった。

「何よ、いいじゃないの、平林さんと同じだっていいわよ、どうしたのよ、それが」

もう私のいっていることは支離滅裂《しりめつれつ》、ことばなんてものではなかった。

平林さんが、小堀さんのことが発覚したあと、それまでつきあって結婚まで考え

たらしい若い恋人との仲をどうされたのか聞いていない。その後の孤独な平林さんの暮らしぶりをみると、その人とは別れたとみえる。平林さんは、自分の浮気の時、自分の本心、つまりは小堀さんに対する愛を見失っていたのだろうか、そして小堀さんの情事というショックによって自分の本心をとり戻したのだろうか。

私は今になって考えると、どうもそうでもなかったのではないかと思う。

物を書く女などというものは、何といっても自己中心で、自分を中心に宇宙が回っているように考えがちなもののようである。少なくとも私は、男から別れ話を持ち出され、若い平凡な女と平凡に暮らしたいといいだされた時、こみあげてきた怒りは、愛を裏切られたという思いではなく、自尊心を傷つけられたという痛みの方が強かったように思う。

だからこそ、私はすったもんだしたあげく、男がまたやはり私と暮らしたいといいだした時、もう、受けつけようとはせず、男を追い出す形で、きっぱりと別れてしまったのだった。

その男と暮らすはめになった頃、私は親しい女友だちに訊《たず》ねられた。

「どうしてあなたとしたことが、いっしょに暮らしたりするのよ。しかもあの人と別れて」

「だって、彼はひとりで下宿していて、いい年して外食しているのよ。私、あの人とふたりで食卓をかこんでいると、ふっと、今頃彼がわびしい外食堂で新聞みながら、まずい定食をたべているかと思うと、たまらなくなってくるの。あの人の方は私のところにいない時は、家で奥さんや子供と、おそらくあたたかなおいしい食事を、やすらかにしているでしょう。それだけなのよ。つきつめていってみると、今度こうなってしまったのは」

私はそんな答えをしながら、自分でもその理由の単純さにふきだしてしまった。

自己愛をさらす凄絶《せいぜつ》な闘争

私は男と別れる時、いや、無理に追い出す時、男の未来に対して何の痛痒《つうよう》も感じないのに気がついた。男はおそらく、若い娘といっしょに暮らして、彼女の手料理を毎日ふたりでたべるようになるだろう。もう外食堂でわびしい食事をしないですむのだ。別れてみて、私はその男にあきれるほどみれんが残っていないのに気がついた。

すると、あの狂乱の取りみだしぶりは何だったのかと、自分が信じられなくなってきた。

結局、私は男を一時にせよ愛したと思っていたのは錯覚で、男をかばう自分を愛していたのにすぎなかったのだとわかってきた。

仕事を持ち、経済力を持つ女が男を愛する時、好むと好まざるとにかかわらず、男を経済的に庇護《ひご》する形になってしまう。男女同権なら、そうなっても平気でいればいいのだけれど、その状態に無意識でいられなくなるのは、女より男の方であるらしい。

どうやら私は貢ぎ型の女であるらしく、何度相手をかえてみても、気がついたら、男に私は貢いでいる。中には俺は女に金や物はやるもので貰《もら》うものだなど今まで考えたこともなかったけれど、あんたからは、貰っていいような気がしてしまうから、不思議だなど、虫のいいことをいって、さも嬉しそうに金品をまきあげていく男もあった。

それから私はいつでも男を甘やかし、無際限に寛大になれる女なのだろうか。たしかに私は男たちからやさしい女といわれるし、寛容な女ともいわれてきた。そのうち、私自身、女一般と比較して、相当、やさしい寛大な女かもしれないなどと考えてもいた。

しかしこの頃になって考えるのに、どうやら私のやさしさや、寛大さとは、結局、相手のためではなくて、自分自身の快楽のためではないかと思われるのである。どう考えてみても恋や情事というのは相手のためより自分自身のためのもののような気がする。本当の愛は無償の愛だというが、そんなものは果してこの世にあるだろうか。

いくら、男に貢いでしぼられても、それは無償の愛とは呼べないのではないか。貢ぐ度、しぼられる度、自分の無償ぶり、あるいは自分の能力、自分の愛の深さに自己陶酔して、自分をほめ、いたわり、慰めて、ひそかに自分の心にマスターベーションしているにすぎないのではないか。

本当に愛が無償ならば、相手の心変りを示された時、辛くても悲しくてもおとなしく身をひき、相手に通路を与えてやるのが本当のように思う。別れにのぞんで金をとったり、返させたり、厭味《いやみ》をいいつのったりはしない筈である。私の男への愛などは結局自己愛の反映にすぎなかったのではないかと反省される。

結果的に私は男を自由にし、男を恋い慕う若い娘に男をゆだね、平凡でつつましい幸福な家庭を営ませたのだから、表向きは、最後までわかりのいい無償の愛の女の立場をとった形になる。しかし、私の男との別れはそんなきれいごとなどではなく、あくまで自己愛の醜さのかぎりを互いにむきつけた、凄絶な闘いをしたあげくの別れであった。

私は男との愛や生活にみれんがあったのではなく、面子をつぶされ、笑い者にされたことに自分が許せなかったのだ。

結局人間は、愛のためにはなかなか死ねないが、自分のプライドのためには時には自分の手や脚をもぎとるくらいの痛苦《つうく》には耐え得る動物ではないかと思われてくる。

平林さんの無宗教の葬式の時、平林さんの自作の小説『うた日記』が、平林さんの声で朗読されたテープを流した。小堀さんと暮らした頃の、小堀さんの献身的な看病を受けている頃のことを綴《つづ》ったしみじみとした文章であった。これをふきこんだ時はおそらく、小堀さんはもうなくなっていたのだろうと思った。

どんな別れ方をしても、人間には歳月が流し去ることの出来ない、のどかなあたたかな想い出の切れはしがいくつか残されるものらしい。

人が死ぬ時は辛かったことや恨みはよみがえらず、明るい愉しい想い出だけが押しよせてその波にのせ魂をあの世に運び去るのではあるまいか。

本章8

自負する女は妄想に嫉《や》いて狂乱する

究極は自分が可愛いのである

男と女の愛は、美しいことばで飾ってみても所詮は自己愛のように私には考えられる。

自分の命が危険にさらされた時、赤ん坊を置いて逃げた赤軍の若い母のことが取り沙汰されたが、戦争の時の引揚げには、足手まといになる赤ん坊や幼児を引揚げの途上《とじょう》に捨ててきたり、殺してきたりした母親も少なくなかったと聞いている。人間は究極は自分が可愛いのである。

それでも恋の最中には、相手の喜ぶことをしてみせようとして、相手の心情におもねり、自分にとっては不利なことや不都合なことでもする場合がよくある。無償の愛と呼ばれるが、そんなものは長つづきするものではない。しかし、愛が白熱状態の時には、自分に不利なことや、不都合なことでも、相手が喜ぶ顔が見たくて進んでする場合がまままある。それはもう、自分にとっては快楽なのであって、無償の愛とはいえないのだ。

犠牲奉仕《ぎせいほうし》は、男と女の間では長つづきするものではない。マゾヒズムか、サディズムの愛好者でないかぎり、人は他の犠牲になりたくないし、なってもらいたくもない。

相手が心変りすると、自分は犠牲的だと日頃自負していた人間ほど、あんなに尽くしたのにといきりたって、自分が相手に与えた数々の物心両面のものを数えたてたがる。

私の知人に十幾つも年下の男と同棲している舞踊家《ぶようか》の女性がいる。彼女は未亡人だが、同じ舞踊家だった夫は、彼女と親子ほども年がちがっていて、彼女を残して死んだ。夫の弟子だった青年が、彼女の秘書のように身の廻りの世話をしているうち、愛が生じ、自然の成行きで同棲するようになった。

彼女は彼を頼りにもし、可愛がりもして情熱的に愛した。男も誠実で気のやさしい人物だったので、表面おだやかな同棲生活がつづいていた。男は従前通り、人前では彼女を先生と呼び、彼女は男をこれも従前通りポコちゃんと愛称で呼んでいた。二十に近い年の差を感じさせないほど、彼女は美しく若々しかったので、他所目《よそめ》には彼がもうけものをしたように見えた。彼女は男より社会的にはるかに認められていたし、収入も比較にならないほどよかった。

彼女は幸福な日々はなるたけ、自分たちの間に人をよせつけまいとした。それまでの友人も次第に遠ざけ、彼の友人もまた自分の友人同様近づけないようにした。自分たちの愛だけあれば、孤島ででも暮らしていけるような意気込みに見えた。

私はいつとはなく疎遠になっていて、気がついたら、数年近くも彼女と往来がとだえているのに気づいてびっくりした。

ある日、彼女の恋人がふいに私に電話をかけてよこさなければ、その疎遠になっていたことすら忘れるほどの歳月がすぎていたのだ。

女も男に金をかけるほど離さない

アパートの玄関に立った彼を見て私はびっくりした。

「ひとり?」

私は当然、彼女も同道していると思い、不審そうに彼に訊《き》いた。

「ええ、今夜はひとりです」

彼は照れ臭そうに笑った。笑うと童顔がいっそう子供っぽくなる。美人の彼女はよく、

「ポコがも少し老けた顔だといいのに、あいつったら、年よりずっと若く見えるからいやんなっちゃう」

といっていたことを私は想いだした。

私は、何か打ちあけにきたのだと察して、彼をうちに入れた。打ちあけ話や身の上相談に来る人の表情は、だれもみな同じように見える。

彼は珍しそうに部屋を見廻したり、壁の絵を一枚一枚見て歩いたりして、なかなか私とまともに顔をあわせようとしない。これも身の上相談者の共通の態度であった。

「ずいぶんしばらくね、何年になるかしら、逢わなくなって」

「四年と三カ月です」

彼が即座に答えた。

「へえずいぶん正確ね」

「うちの先生が転居した年からですから」

「そういえば、今度のお宅へは伺《うかが》ったことなかったっけ」

「ええ」

彼がようやく落ちついて坐り、目を伏せた。舞踊のスタジオは、亡夫の時のままだが、彼女はそこに付属していた住まいから、マンションへ引っ越していた。亡夫の想い出のある住まいから引き払い、新しい恋に生きようとしたのだろうと私は察していた。

「何かあったのね」

私は新しいマンションに一度も招かれたことのないのを想いだしながらいった。

「ええ……ぼく、やっぱり出たいんです。でも、どうやって出ていいか……今までも何度もやったんですが、先生がなりふりかまわず半狂乱になってあやまってくるんで、つい負けてしまって……でも、やっぱりしばらくたつと同じことが始まるんです」

「同じことって何？」

「すごい嫉きもちやきなんです。それがあることならがまん出来るけど、まったくの妄想に嫉くんだから処置なしです」

「ポコちゃんは若い子にもてるからね」

「からかわないで下さい」

私は彼女が彼を自慢して私に話していた頃、

「そこにいるだけで心がなごむのよ。陽《ひ》なたみたいにあったかいのよ」

といって、ほんとに陽なたで目を細めている猫のような表情をしたのを想いだしていた。

彼がその夜私に打ちあけるのを聞くと、彼女は普段は申し分なくよく気のつく、優しくて可愛い女だが、一たん嫉妬の幻想にとりつかれると人が変ったようになり、ねちねちとさいなみはじめる。彼がどうしてもがまんがならないのはその都度、次第に興奮してくると、前後の見境がなくなって、

「あんたのそのシャツも私が××円で買ったんじゃないか、そのズボンは××円で、靴だって××円でこないだ買ってやったじゃないか」

と叫びだすことだった。

「まるで、自分が、正札《しょうふだ》を軀《からだ》じゅうにぶら下げたマネキン人形になったみたいで、

凄い屈辱感におそわれるんです。もうどうしたってがまんできない」

という。怒ると、さすがに童顔の彼が、男っぽい表情になるのだった。

私は彼女への恨みつらみをうんうんと聞きながら、この男はまだ彼女とは別れきれないだろうと思った。本当に男と女が別れる決心のついた時は、人に訴えたり相談したりはしない。誰かに訴えるのは、自分の心の定まらないため、人に喋って、自分の心を見極めてほしいという甘えがあるからだ。

愛する人に買ってあげるのは快楽である

私は昔、男とのいざこざで悩み迷っていた時、親しい友人の家に泊まりがけで行き、ことこまかにけんかの情景描写からはじめて、夜通し同じ話を繰りかえし、さんざん友人に迷惑をかけた想い出がある。後になって、友人から、

「あの時くらいおかしなことはなかったわ。だってあなたは何か説明しては必ず、ね、私のいうことまちがってる？　まちがってたらそういってと繰りかえすのよ、うんうん、まちがってないといってあげると、とても安心した顔してうなずくの。どうせ、今はこの人はノイローゼで正気じゃないんだからと、私、がまんして聞い

てたけど、時々、笑いたくなるのをこらえるのが大変だったわ、ほんとにあの頃はどうかしてたわね」

といわれたのを想いだす。しかし、私はそうやってさんざん友人を悩ましておきながら、いざ最後の決断をして、男と別れた時は、その友人にも相談せず、ぱっと一晩で事を運んでしまったのだ。

私もその舞踊家のように、男はほんのわずか年下だったが、生活能力は私と比較にならず、男は一円の金も家に入れなかった。私は男に出ていってもらった時、彼の衣類――すべてシャツ一枚から私の買ったもの――の一切合財《いっさいがっさい》をトランクや行李につめて彼の所に送りつけてしまった。

私は口が腐っても、そのネクタイから靴まで私が買ったものではないかとはいったことがなかった。

なぜなら、それらを買う時、私は決していやいや買ったのではなく、いっしょに暮らしている男の下着や靴下やネクタイや、服の布地を選ぶのが愉しく、私にとってはそれが快楽のひとつになっていたことを識っていたし、忘れていなかったからであった。

おそらく、舞踊家の本心も、詮《せん》じつめれば可愛い男に着せる物を買う時、惜しいと思ったりした筈《はず》はないのだ。ただ可愛さ余って憎さが百倍の心理から、すねて、そんなだだをこねているのにすぎない。彼女はむしろ、単細胞の可愛い女であるにすぎないのだと思った。

そうはいっても、彼女の愛情のあらわし方、嫉きもちのやき方は何と下手なことだろう。第一、自分の愛の本当の姿を凝視したことがあるのだろうか。

彼女は年下の男を庇護しているつもりなのだろうか。金銭で男がつなぎとめておけるとまだ思っているのだろうか。

男を愛する自分のエゴに彼女は気づいていない。

男のために買ってやったのでも、男のために愛してやったのでもないのだ。男と女の恋愛はいつでも自分中心のエゴの角《つの》つきあいであることを忘れてはならない。

彼はいいたいだけいってしまうと、がっくりと肩を落として私の前にうなだれた。

「愛してるから嫉くのよ。許しておあげなさい」

「それはわかってるんだけれど」

私はもう彼が彼女を許す気持ちになっているのを見抜いた。

私はしょんぼりした男の姿を見ながら、彼の着ているものが如何にも趣味のよい上等のものばかりなのに今更のように気づいた。

これらのものの値段を叫びながら荒れ狂っている女を想像して傷ましさに胸が痛んできた。

それらを買った時の自分の喜びを、想いだしたら、そういう快楽を与えてくれた男に別のいい方があるだろうにと考えるのだった。そして、いつか聞いた道楽者の老人が話してくれたことを想いだしていた。

「男というものは女に金をかけるほど、女を離さないものですよ。その金が惜しいからね。だから色町《いろまち》では客にうんと金を使わせるのもあれでなかなか考えてるんです。これだけ使わしておけば、この女を離さないだろうと、お茶屋の女将《おかみ》が考えてはかっているんですよ」

なるほどそんなものかと聞いていたが、女が男に金を使った場合は、あながちそうとばかりもいえないのではと思われた。

もし女将の考えが本当なら色町の女に男が金を使う時、その男には金を使う快楽はまったく伴わないのだろうかと不思議であった。

本章9

男との生活を断ち切ろうとする心の中

情熱はたやすく焔《ほのお》の輝きを失う

白熱の恋愛などがそう何年もつづくものではない。逢い、知り、そして恋に落ちた二人にとって、一、二年は相手という未知の処女地を探検することの喜びと、好奇心と、報いられる期待で、あらゆる時間が輝いているけれど、それが、四年、五年とたてば、お互いの努力や演出なくしては、二人の時間は光が消え、色あせるのは当然であろう。

家庭につながっている夫婦の間では、男女の情熱はとうに失せはててしまっていても、そこには共通の生活上の利害で密接に結ばれているから、そう簡単に別れることは出来ないし、心や情熱はさめきっても、肉親的な愛や馴れや、生活の共有の習慣が鎖になって、二人の間は切れようにも切れ辛い。

しかし、生活の根のない恋人どうし、情人《じょうにん》どうしの間では二人の関係を支えるものは情熱だけである。この情熱というものが、沼に消える鬼火《おにび》のように、いたってはかない存在だから頼りきりにすることが出来ない。

私は結婚生活にさえ、若かったから情熱を支えにした生活を夢みていた。自分は夫を恋していると信じ、自分も夫に恋されていると信じていた。見合結婚だったけれど、見合いから結婚までの一年ばかしの間に、私は自分の情熱をかきたてるような熱烈なラブレターを毎日、朝にも夕にも書いて、その頃北京にいた夫に送りつづけた。自分の文章に幻惑されて私は完全に恋する女になりきって嫁いだものだった。

結婚生活というものは、娘時代に思い描くような甘い詩的なものではなく、現実的で散文的な要素が多い。私はその散文的な現実に自分の情熱が次第に衰えさせられるのを感じてきた。

ある日、気がついたら、私は新しい恋に捕われていた。これこそが、恋というものの正体だったかと、私は愕《おどろ》いた。それは自分の恋文で人工的にかきたてた、かつての恋の幻影とは似ても似つかないものだった。

私はその情熱の烈しさに身をまかせ、結婚生活さえふり捨ててしまった。私は軽率だっただろうか。恋の情熱とは、現実の生活の中では保ち難い焔だというのに気づくまでに大して時間がかからなかった。

あれほどの自分の情熱がこうもたやすく色あせ、みるみる焔の輝きを失うのを見ながら、私はもう二度と恋はすまいと思っただろうか。それどころか、私は一つの情熱の衰えを自覚し、蠟燭《ろうそく》の火が消える時のように、はかなげに揺れ動くのを見ると、その火をたやさないために、火の消えはてる前に新しい蠟燭をつぎたしたものである。

情熱の焔はふたたび力強く燃え上った。しかしそれはもう、以前の蠟燭の力ではなく、新しいつぎたされた蠟燭の火力であった。

燃える火は必ず、衰えるという法則を私はその焔の上にも見た。消えはてることが怖く、私は焔の色が弱まってくると、また本能的に新しい蠟燭をとりあげ、小さくなった焔の上につぎたししていた。

なぜそんな同じ操作を繰りかえしてまで火を消すのが怖いのか私にはわからなかった。

いくつもの恋がすぎ、いくつもの季節が流れ去った。

気がついたら、私は、多くの恋の想い出に飾られて、早くも人生の終わりの坂道へ足をかけていた。

まったく想いだしたくない恋や人というのがないのが、幸せだった。その頃はどんなに烈しく愛しあった恋も、どんなに激しく憎みあった仲も、それが情熱の火で支えられていた時は、想い出の中では、不死鳥《ふしちょう》のように輝いてくる。

あの別れ方は不手際だったとか、あの時の別れは今ならもっと傷つけあわずにすんだのにと思うことがあっても、その時々には、それしか方法もなく、身も世もなく、全身で悶えて、自分も人も傷つけあって多くの別れも経てきたようである。

人は生まれた瞬間から、死に向って歩みつづけるように、人は人とめぐりあい、結ばれた瞬間から、別れに向って歩みつづけていると考えてよいのだろう。

私は花になるより蝶になりたかった

もう、十年くらい前から、私は恋を得ると、これが最後の恋になるかもしれないという感懐《かんかい》を抱いてきた。女が四十すぎて得た恋を前にしてそう思うのは当然だろう。

そして私は、本来の私らしくなく、恋に臆病になり、恋人に対しても気弱になっていた。

もう自分は若くはないということが、無意識に私を卑屈にも消極的にもさせていたのだろうか。

ある日、私はふと、そういう自分に不思議な感じを抱いた。なぜ私はこの恋が最後と決めこんでいるのだろう。私は自分のうちに燃えている情熱の火の火種にじっと目をこらした。私の火種はまだ赤く、透明で、強そうな火力を持っていた。

私は自分の臆病を笑いたくなった。恋をすることは、待つことでなく、歩いていって捕えるべきだという若い日の経験を想いだした。私は花になるより、蝶になりたかった。

私はもう倦怠しきり、退廃の色を濃く滲ませながら、辛《かろ》うじて、それまでの想い出の歳月の重さだけでつながっていた恋の命綱《いのちづな》を自分の手にした斧《おの》で断ち切ろうとした。

思いがけないすがすがしさがそこに開け、私は改めて久しぶりの自由に手足までのびのびしてきた。細胞が一挙に瑞々《みずみず》しく若がえるのを感じてきた。

恋に見捨てられたのではなく、恋を自主的に断ちきるのだという自覚と誇りが私を支えた。私は少しは覚悟していた惨めな想いに傷つけられることもなく、軽やかな足どりで新しい道を選び歩きはじめた。

靴も新しく履きかえよう。

私はためらいなく、更に新しい恋に手をのばした。

蠟燭にまた蠟燭をつぎたしたのではなく、私は旧い蠟燭を捨てきり、まったく新しい蠟燭をともすことを、はじめて思いついたのだった。

その火種はまだ自分の中に残されていたということが私に自信を与えてくれ、衰えかけていた若さをとり戻してくれた。

やはり、長い旧い恋を断ちきって、西の都から上京してひとり暮らしをはじめた女友だちが訪れてきた。

男は彼女が、もう若くはないし、自分の肉体に屈伏しきっているから、決して女から別れてはいかないだろうとたかをくくっていた。

女から金をひきだし、自分は妻子と安全な家庭を営み、女のがまんと犠牲の上にあぐらをかいていた。

彼女は、男との生活を思いきる決心をした最後の動機について私に語った。

情熱という鬼火が消えはてない限り

「ある日、鏡の中の自分を見て、ああ、私はもう若くはないんだなと悟ったんです。その時、私は自分がとてもいとしくなりました。

いろんなことがあったけれど、私は自分の利益のために、男たちの幸福や平安を乱すようなことはしなかったつもりです。どの男も最初は親切でしたわ。でも、ある歳月が重なると、男は女が何をしても当然のような顔をしてきます。私はこれまで、そういう男たちに、つくしたりつとめたりするのが好きでした。ちっともいやじゃなかったんです。でもつくしすぎて、いつでも最後は私が惨めになるのが落ちでした。私は男を甘やかせ、男を退廃させる要素は自分の中にあるのだと思いはじめたくらいです。もう若くはないんだから、これから死ぬまでの間に、いくつもの恋は出来ないんだから、いっそ、もっと純粋に燃焼しつくせる恋を、もう一度したいと思ったんです。これまでの男は私が別れ話を持ちだしても全然信じようとせず、とりあげようともしませんでした。たぶん、私が、例によってありふれた嫉妬で、男にすねたり、だだをこねたりしているのだろうという調子です。それさえほどこせばいいというように、セックスで私をなだめようとかかりました。

私は男に組みしかれ、いつもの手順で愛撫《あいぶ》を受けながら、その白々しさに愕然としました。男が最近になく、手をつくし、努力すればするほど、私の内部はしらけきって、木枯らしのような風が吹き荒れるのです。

男は私のむなしさを勘ちがいして、また自分の性の勝利だとうぬぼれきって、引きあげていきました。もちろん、これまで通り、来たい時に来て、需《もと》めたい時に需める生活を破るなどということは夢にも考えないふうに。

私はその翌日に、荷造りもそこそこにして、想い出の町を引き払って、東京に帰ってしまったのです。ええ、おかげさまでもう仕事が見つかって、結構のんきに暮らしています。別れる勇気は、万難を排していっしょになる勇気より、はるかにエネルギーを費やすものですね。でもそのエネルギーを出しつくして、一つの道を閉じてしまうと、別の道が草の中にかくれていたのが発見出来るのです」

私は彼女のいうことがすべてよく理解出来た。負け惜しみでない彼女の実感は、そのおだやかな口調の中にもしみじみあふれていた。

そうして早くも得た新しい恋について彼女はいきいきと語った。

「愛されるのを待っていた辛さより、自分から愛する積極性をとってから、世の中が前より広く空がうんと高く見えてきましたわ」

私は彼女の語る新しい恋人の若さや純真さを真面目に聞いていた。

「どうせ、彼はそのうち若い恋人を得て、結婚していくだろうと思うんです。でもそれでいいと思っています。私は自分がこれまでの恋の経験で得た愛のすべてを、彼に教えこんで、女をどうやって大切にし、可愛がるかを教えてあげてから、身をひくつもりです。そんなこと出来ないとお思いになって？」

私は、もうこれは老眼鏡よといいながら、レンズの奥で笑っている彼女の目を見つめた。めがねは、薄い紫色のレンズで、ラベンダー色のフレームを持っていた。

そのめがねをかけると、彼女の顔にこれまでにない陰影が出来、頬にも紫の影が落ちて神秘的になった。

「前の恋人は二言めにはきみがどんなお婆さんになっても愛してあげるといいましたわ。でもそんないい方がどんなに女を傷つけているか感じないんです。私はお情けで愛されたいなんて思わない人間ですもの。今の若い恋人は、口紅をつけない方がずっと若いとか、そのめがねよく似合うとか、素直にいいます。私は年より若く見せようとする無駄な努力は彼の前で一切放棄しています。私は肉体の若さより経験のゆたかさで、どんな恋人より彼をある時期幸福にしてやることが出来ると自信がありますから」

私は彼女が喋《しゃべ》りたいだけ喋って帰った後、コーヒーカップやブランデーグラスをひとり洗いながら、どの女のうちにも、情熱という名の鬼火が抱かれていて、その火が消えはてないかぎり、いくつになっても、明日の、いや、今日の午後の運命はどう変化するかわからないということをつくづくと感じていた。

本章10

心の奥底にかくされた男と女の結びつき

男との恋に生きる女のタイプ

かつて激しく愛しあった男女が、別れて後、歳月を経て想いだす時、愛と憎しみのどちらが多く残るだろうか。よく初恋は忘れられないといわれてきたが、男と女の愛の間では、私は肉体交渉のない愛は友愛の域を出ず、淡く美しいだけで、互いの人生に強いからみつくような影響のしかたはしないと考える。

初恋が後になって再燃するのは、往々にして肉体交渉を伴わなかったため、相手に対する夢が見残されていて、見残している部分に強い想像力が働き、そこに新しい恋を思い描くような錯覚がおこるからである。

人にはそれぞれの性格があって、決して、一度結ばれた相手と別れない、たとい、相手が、自分を嫌になって、他の女と暮らしていても別れないと主張しつづける人しい目で見てくれる人もいる。そして、案外、そういう人のがんばりは、はじめは同情を、後にはひんしゅくを買いながらも、自分の意志を貫き通すうちに、いつのまにか、人が忘れきっている頃、ひょっこりと、出ていった男が舞い戻ってきて、何となくおさまっているというようなことが多い。待っている女は他人の目にはいじらしいとも執念深いとも映るが、当人にとってはそうしか出来ない性格で、必死にその姿勢で自分を守っているのだろう。

それなら、妻や恋人のいるのを知っていながら男を奪ったような女は、情熱的なのだから、もっとがんばって男とつづく筈《はず》ではないかと思われる。不思議なくらいそうした女が、案外けろっと男と別れてしまう。恋愛結婚の方が見合結婚より持ちが悪いという批評もそんなところから生まれてくる。

私は明らかに、じっと辛抱強く待つタイプではなく、さっさと別れてしまうタイプの人間だと自覚している。ある長い女友達が、そんな私のことを案じてある日、手紙をくれた。

「情事と愛、それが気にいらなければ、恋と愛といいかえていいのですけれど、それはちがうと思うのです。私は情事は次々とりかえていってもいいけれど、愛はとりかえられないもののように思います。一方に愛がある上で、情事を秘密に愉しんでいいと私は思うし、そうやってもきました。しかし、一度結んだ愛の縁《えにし》は、私はどうしても切れないたちで、そういう愛を長い生涯にいくつもいくつもかかえこんでしまって、愛の重荷に自分が歩くのも不自由なほどになっています。あなたからみれば、あんなにさめた愛のお荷物をなぜああまで未練がましく背負ったりひきずったりしているのかといらいらしてくれているのでしょう。それは口に出さなくても、あなたの目をみればわかっています。

ところで、私は年をとったのか、この頃では闘争のないおだやかな愛、だまってなぐさめあうような愛がなつかしくなりました。それに都合のいいことに、長く持ちつづけた愛というのは、みんな似てきて、そういう雰囲気を持つようになるものです。

あなたは、なぜあんなに大切にしていた愛をすぱすぱ切り捨てていくのか、それだけが私には理解出来ません。

遊びや単なる情事の出来ないあなたは、男にめぐりあうと、必ずあっと思う間に深間《ふかま》に落ちこんでしまって、本気の恋に仕立ててしまう。それでいて、いつか、必ずその愛の別れを私に見せてくれるのです。

あなたが京都の家の話をいつか私にして、あの家は何人も買い手があって、いつでも売れるのだけれど、場所柄、家をこわして、ガソリンスタンドとか、ビルにしたがる買い手がつく。でもあの家は旧くて、いい建物だから、こわしてしまうのは冥加《みょうが》が悪いように思って、売る気になれないといったことがありましたね。その時、私は思わず笑いだしたのを覚えていますか。あなたは家や、ちょっとした持ち物にでも、愛憐《あいれん》を覚えると、実に大切にして、めったに捨てようとしない。いわゆるあなたの『冥加が悪い』といって惜しむのに、恋人の場合だけ、どうしてああもあっさりふり切ってしまって、しかもあと、きれいさっぱり未練もなくしてしまうのでしょう。

あなたの恋愛はやはり情事であって、恋ではなかったのかと不思議に思います。いつかもっとその事についてよく話してみましょう」

心を奪われたら夢中になる奔放《ほんぽう》なタイプ

私はそんな手紙を見て考えこんでしまった。その人は、御主人と別居して暮らしながら、心はまだ御主人とつながっていて、離婚はしていないし、御主人が二、三日姿を見せないと、まるで幼い児が迷子になったのを心配している母親のようにあわてふためいて探すのである。それでいて彼女には御主人以上に愛し愛されている恋人が別にいる。私は彼女を見ていてちっとも不潔感を感じない。彼女は好色なのではなくて、ヒューマニティの幅が広いのではないかと思うのだ。

私は一度心を奪われると、相手に夢中になって尽くしてしまい、自分の中のうるおいがからからに干上がるまで相手にすべてをそそぎこむ。そのため、ある日、ふっつと恋が破れた時は、まるで憑《つ》き物が落ちたようにけろっとしてしまうのである。相手の方が、あんなによくしてくれたのだからとか、ああまで惚れていたのだからと思い、私の突然の変化に納得がいかずうろうろしてしまうようだ。

ここまで書いてきたら、朝の新聞が入り、岡田嘉子《おかだよしこ》さんが三十年ぶりでようやくソ連から帰国が許されると出ている。私は思わず、涙が出そうになって、美しい嘉子さんの写真を見つめた。

昭和三十六年、私ははじめてソ連と定期航路が通じた最初の船に乗って、ソ連を訪れた。その時、モスクワで岡田さんと逢いゆっくり話をしたことがある。その頃の岡田さんは信じられないくらい若く、ふっくらとしていた。質素な黒いスカートに白いブラウスという姿だったが、その美貌は衰えていず、昔のスクリーンからは感じられなかった知的な匂いがその表情にあった。恋の越境後のことは一切語りたがらなかったが、岡田さんの表情には暗い翳《かげり》はなかった。私は子供の頃、滝口《たきぐち》新太郎《しんたろう》という美男のスターに憧れていたが、その滝口さんが、中年のおだやかな紳士になって岡田さんの横によりそっていた。二人は結婚していたのだ。たしか滝口さんの方が十いくつ若く、その時も明らかに滝口さんが若く見えたが、二人並んでちっとも不自然な気はしなかった。むしろ幸せそうに見えた。

滝口さんも男としては小柄《こがら》だが、やはり小柄な岡田さんをいつもかばうように背後に一歩ひかえて守っている感じがとても美しかった。

日本にいた時は奔放な恋多き女として、駈け落ち事件を何度もおこし、ジャーナリズムを賑わした人だったが、その時の岡田さんには、およそそういう華やかで奔放な過去は想像も出来ないようだった。

梅干しも、お茶も、おかかも、らっきょうも何でも、日本の食べ物はうちに揃っているんですよと笑って話していた。

日本に帰りたいとしきりにいわれたが、それはしめっぽい感じではなかった。私たちは三十人ほどの団体で女ばかりでいったのだけれど、こんなに日本の女にたくさん、しかも自分と同時代の人に逢うのはこちらへ来てはじめてだから嬉しいといった時だけ、目に涙が光っていた。

自伝のようなものは日本のあらゆる出版社から書くようにといってきているけれど、まだ書けないというような話もしていた。

それから、今自分のやっている映画の話を熱心にしだした。

「いい脚本を下さい、いい小説を書いてそれを映画に出来るようにして下さい」などともいっていた。私は岡田さんが異国に暮らしつづけている間に、昔の恋人をすっかり忘れさったのだろうかと考えた。

それほど滝口さんとの仲はむつまじく自然に見えたからだった。

新聞によれば、滝口さんは病気を自覚しながら旅行に出かけ、自分が死んだ方が岡田さんが早く帰れると洩《も》らしたと聞く。岡田さん夫妻をこれまで帰国させせないソ連の方針や意図は今もって一向に納得出来ないが、せめて二人揃って一度でも日本の土をふませてあげたかったと思う。

男も女も同時に二人を愛せる

岡田さんは越境した時、人の夫を盗んだのだった。杉本《すぎもと》さんの奥さんが病弱で、その頃どんな辛い目にあわれたかは、佐多稲子《さたいねこ》さんの小説『灰色の午後』の中に感動的に書かれている。

杉本さんは越境するまぎわまで、病弱の奥さんに愛を失っていなかったらしい。一方で岡田嘉子という女優と命がけの恋をしながら、一方で糟糠《そうこう》の妻を愛せるものだろうか。私は男は愛せるのだと思う。女もまた同時に二人を愛せるのだと思う。しかし、恋愛の本質には独占欲があるからどちらかがそれを主張するといやでも破綻がおこる。

私の身近な男性が、男は妻と愛人を愛せるけれど、その一方のところにいる時、どうしたってもう一方のところにいるわけにはいかないのだから、半年もたてば、その状態がしんどくなる、といったそのあまりに正直な告白に私は笑いだしてしまった。

今度の発表では杉本さんは恋のための越境ではなく、当時、コミンテルンの重大な任務を帯びての越境だったと出ている。とすれば、もしかしたら、岡田嘉子が一番貧乏くじをひいて、越境の小道具に使われたのかもしれないし、杉本夫人は夫の本当の任務の意味を知っていて、内心落ちついていられたのかもしれないという想像もなりたつのである。しかし利用するつもりで近づいた偽りの愛が案外、相手の純情や情熱にほだされ、本当の愛に移っていたかもしれないという想像も出来る。

人間の関係なんて、目に見えている部分だけでなく、人の目にふれないものが地下水のようにおびただしくて、他人にはとうていうかがいしれぬものであろう。いや、人間の心の奥底にかくされているものは当人自身にさえ、すべてはいつでもわかっていないのではないだろうか。

人間のきめた人間の愛の約束ごとの形式などいたってもろいものである。男と女の結びつきなど、明日はわからないはかないものだと思う。

日本にいたら、岡田嘉子のような大女優と、一まわりも年下の美貌がとりえの滝口新太郎の結びつきなどおよそ考えられもしない。いやそれ以上に、インテリ左翼の闘士の杉本良吉《すぎもとりょうきち》と華やかな岡田嘉子の結びつきだって、当時の一般の人には信じ難い異様なとりあわせだった筈だ。

人の恋も愛も、環境が支配することの例が岡田嘉子の生涯を見ればわかるが、岡田嘉子の心の奥の奥の底に、果して誰への想い出が最も強くかくされているかは、誰にもうかがいしることは出来ないものである。いや当人にとっても死ぬまぎわまでそれはみきわめ難いのかもしれない。

三十年ぶりの今浦島が、この醜くなった日本を、東京を見たら、何と思うだろう。

この十年の世界の歩みを見ていると人間はどうやら、人間を不幸にするためにのみ、狂奔《きょうほん》しているようにしか思えない。

だからこそ人はごく個人的な愛を、肌と肌でたしかめあえる愛をひたすら需《もと》めたくなるのかもしれない。

本章11

女の中に眠っていた才能

女が自分の生を生きるには

平塚《ひらつか》らいてうさんもなくなった。今の若い人たちの中には、らいてうさんの名前も知らない人が多く、知っている人でも「え、あの方まだ生きてたの」という程度だと聞いて暗然とした。平塚らいてうさんといえば、現在大流行のウーマンリブを、我国で誰よりも早く称え、その運動に踏みきり、雄々しく実践してみせた女闘士の元祖的存在だった。

しかし、平塚らいてうさんは所謂《いわゆる》女闘士という概念から想像されるような荒々しさはみじんもなく、実に知的で上品な典型的な美人であった。私はかねがね、らいてうさんが主宰した「青鞜《せいとう》」にあれだけの女性が集り、強く結束して、世間の因襲に立ち向った中には、まず、らいてうさんが美しくノーブルな美女で、女としても魅力的な人だったという点も大いに力があったのだろうと考えている。現に、「青鞜」の女性の中でも、当時ユニークな存在だった尾竹紅吉《おたけべによし》（後の富本憲吉《とみもとけんきち》氏夫人一枝《かずえ》）などは、らいてうさんにレズビアン的愛を熱烈に捧げていて、らいてうさんが夫君となった奥村博史《おくむらひろし》氏と恋におちいった爾後《じご》には、失恋同様の苦悩を味わっている。

私は、平塚らいてうさんに生前ついに一度もお目にかかる機会がなかった。これはまったく私の一方的怠慢で、私は取材というよりも御挨拶に伺うべき筋合にありながら、ついにお目にかからないうちに御逝去《ごせいきょ》の報に接してしまったのである。悔んでも悔みたりない気持ちで今更乍《なが》らざんきに耐えない。

世の中には無数の縁の糸が張りめぐらされていて、有縁の者は好むと好まざるに関わらず、縁の糸でつなぎ合わされてしまう。

らいてうさんと私も卒爾《そつじ》ではない縁の糸に結ばれていたといえよう。しかし、逢って、話を聞くという当然の機会を、持たなかったことは、この世での日常的な縁には薄かったのだとしか解釈の仕様がない。

私はらいてうさんの謦咳《けいがい》には接していないけれど、書き残されたものは殆ど読んでいるのではないかと自負している。最近のものより年代的にさかのぼったものほど特に繰りかえし読んでいる。

人間が生きるということの意味を、私はいつ頃からか、自分のなかに眠っている才能の可能性をひきだし、極限に押しひろげることだと解釈している。この考え方は、私が文学を自分の生きる唯一の道として選びとった時から漠然と私を支配していたが、そのことを自信を持って他にも発表出来るようになったのは『田村俊子』を終えて『かの子撩乱《りょうらん》』を書き終えた時であった。爾来《じらい》、私は迷わずこのことを何度も書き、講演の題にもして主張しつづけてきた。その考えは、岡本かの子の熱情的な生涯に教えられたのだが、かの子の生きた時代的背景として、「青鞜」を調べた時、「青鞜」の主張するものが、まさに女の才能の開発にあることを知った。

私がはじめて書いた伝記小説『田村俊子』のヒロインも、「青鞜」の賛助会員だったので、私はその時はじめて「青鞜」を資料として読み、平塚らいてうさんがどういうことをした人であるかを知った。「かの子」を書くにあたっては更に念入りに読み直し、「青鞜」の最後の編集人になった伊藤野枝《いとうのえ》に強く惹かれた。その後、私は野枝の生涯を『美は乱調にあり』でとりあげ、この時また徹底的に「青鞜」を読み直した。らいてうさんの自伝も、奥村さんの自伝も読んだ。

お目にかかったことはないが、私は平塚らいてうさんをもう何十年も前から存じあげているような気がしてならなかった。「かの子」を書く時も、「野枝」を書く時もお伺いしてお話を聞くべきだと思いながら、「青鞜」を読み、その他のお書きになったものを読めば、すべていいつくされている気がしてきて、今更お目にかかって伺うことがないような気がするのであった。同時に、私はらいてうさんにお目にかかってしまうと、その強い個性に圧倒されて筆が鈍るのではないかという一種の怖れを抱いた。ついつい私はお目にかからないまま、伝記の仕事をつづけてしまった。

泥中《でいちゅう》の蓮《はちす》・平塚らいてう

それからまた、私の書く女たちは、烈しい生を生きる時、様々なみっともない破綻をおこす人たちであった。それ故に、私は彼女たちを好きにならずにはいられないのだったが、らいてうさんはおよそ、そういう失敗や破綻がない人であった。

若い時、森田草平《もりたそうへい》氏との心中未遂事件というのをまきおこしているが、何故か、あの事件でみっともない感じを与えられるのは草平氏の方で、らいてうさんの方はいささかも傷を負っていないような感じが私にはした。

当時、らいてうさんの一挙手一投足はともかくジャーナリズムの好餌《こうじ》にされて、あれこれ書かれたが、その場合もらいてうさんは常に超然、毅然として、一向にひるまず傷つかず、うるさいスキャンダルの波は、そんならいてうさんの足許をざわざわと勝手に押し流されてしまうような感じであった。

泥中の蓮ということばがあるが、私はらいてうさんを思い浮べる時、何故かこのことばが浮んでくる。どんな汚濁《おだく》も、その高貴さをけがすことが出来ないようなものを持ちつづけていられたのではないか。

そのりっぱさに私は尊敬を感じながら、何となく親しみ難いものを感じさせられた。畏敬《いけい》するという感じで、慕いよっていくという気持ちにはさせられなかった。しかしこれはあくまで私のひとり勝手な推測であって、現実のらいてうさんはおそらくあたたかなやさしさのみちあふれた人でもあったのであろう。そういう方だと、親しい人々から私は何度も伺っている。にもかかわらず、私はらいてうさんの書かれたものの中から、あくまで理性的な覚めきった目を感じるのであった。

私はらいてうさんの書かれたものの中では、「青鞜」に書いた「独立するについて両親へ」という題で彼女の父母に出した公開状を一番すばらしいものと思っている。

これは、らいてうさんが、年下の恋人奥村博史氏と同棲にふみきった時、両親の家を出るにあたって、両親へ出した手紙体の文章であった。これを両親に私信として置いては来ず、「青鞜」に発表したという点に、らいてうさんが自分の恋愛を社会的なものとして、女性解放の一つの実践のモデルケースとして扱っていたという意志が見られる。

通念に切りこんだ〝男を可愛がる女〟

奥村博史氏と恋におちいる頃、らいてうさんは尾竹紅吉と同性愛におちいっていたし、また別の禅僧とも肉体的な関係を持ってもいた。しかし一度奥村博史氏があらわれ、彼女の愛をそそるや、たちまち、彼との恋愛に没頭している。しかし、この恋にもまた、彼女はどこかで覚めていた。でなければ、このような両親への宣言文を書き、「青鞜」に載せるということは出来なかっただろう。

この手紙の前にも、「青鞜」誌上にらいてうさんは博史氏の友人新妻莞《にいづまかん》にあてた公開状を載せ、その中で、

「私は改めてあきらかに申しておきますが、Hは私の可愛い弟で、私はHの姉なのかも知れません」といい、「もし私の愛とHに危害を加えるものがあるなら、私はいつでも用捨《ようしゃ》なく征服いたしましょう」と宣言している。

可愛い弟という表現で自分の愛人を見るということは、今では珍しくもないかもしれないが、明治の当時に於ては思いきって大胆な女性の発言であった。両親に対しての公開状の中でも、らいてうさんは、博史氏のことを、

「五分の子供と三分の女と二分の男をもっている彼がだんだんたまらなく可愛いものになって参りました」といっている。女が男を愛する場合、頼もしさや、男らしさを需《もと》め、保護者を需めるという従来の世間の通念に真向から切りこんだ思いきった宣言であった。女性上位などということばが、この後数十年もたって、今頃こと新しそうに叫ばれているのが滑稽《こっけい》に見えてくる。らいてうさんははじめから、愛人に、保護者を需めてはいず、むしろ、自分が保護者としての立場を選びとっている。

「男に可愛がられる女」になるため、あらゆる女が努力させられていた時、男を可愛がる女としての主体性を当然のようにはじめから摑《つか》んでいた女性であった。

「それから申し忘れましたが、昨日お母さんから結婚もしないで、男の人と同じ家

に住むというのはおかしい、子供でもできた場合にどうするかというようなお話もございましたが、私は現行の結婚制度に不満足な以上、そんな制度に従い、そんな法律によって是認して貰うような結婚はしたくないのです。私は夫だの妻だのという名だけにもたまらない反感をもっております」

「……それから子供のことですが、私は今の場合子供を欲しいと思っておりません」といっている。もちろん、彼女はバースコントロールを実践して、産まない自由を確保していたのだろう。

「青鞜」にはせ参じた女たちの、ほとんどが自分をとりまく旧い封建的家族制度のしがらみをたちきり、親のとりきめた結婚生活を足蹴にして、家出してきたように、らいてうさんも自分の自由恋愛を貫くためには家族や家を振り捨てなければならなかったところに、当時の女の闘いがあった。

家をふり捨てなければならない女の闘い

もちろん、らいてうさんは結婚しても男の籍に入っていない。後に、子供を産みたくなって産んだ時も、自分の籍に敢然《がんぜん》といれている。

私生児という制度が陰惨な影を持っていた時代に、自分の子供に、あえて私生児としての道をとらせようとしたらいてうさんの「新しさ」は、世間がからかい半分にいう「新しい女」という語感の持つ軽々しさとは、およそかけ離れた真摯なものであった。

しかし、この世間的でないらいてうさんの同棲生活は、世間から一斉攻撃をうけ、かてて加えて彼女が出産したということから、ジャーナリズムはそれみたことかというように騒ぎたてた。「新しい女」の末路が、偉そうなことをいっても、男が出来れば子を産んで、ひっこんでしまうということではないかという悪意にみちた非難だった。

らいてうさんはこのことに対しても「青鞜」で、

「……今更いう迄もないが婦人が妊娠し、そして母となるということは婦人の生涯に於て出遇う重大な経験で、又婦人に限られた特権である。(中略) こういう婦人の生活にとって重大な事件を自分達の悪戯《いたずら》から、又は読者の物好きな心に投ぜんがために虚構した記者の態度は、たまたま今日の社会が婦人の生活をどれ程不真面目に、無責任に考えているかを証拠立てる一例であろう」

と悲痛な抗議をした。このことは現在もまだ週刊誌の記事を見れば、当然、いえることで、らいてうさんの時代から、真に婦人の地位が向上していることは、楽天的に考えられないひとつの証のように思う。

らいてうさんはしかし、この結婚に対する世間の嘲罵《ちょうば》に抗議するのに、この結婚を貫くことで答えようとしたらしい。年下の夫君を最後まで姉女房らしくかばいつづけ、家庭を守りつづけ、子女の育成にも人並みならずつくしている。結果的には、「青鞜」にはせ参じたどの女性よりもおだやかな家庭的な妻としての生涯を全《まっと》うし、良妻賢母とたたえられてもいい晩年を送ったのであった。

その晩年も見方によっては美しいし立派にちがいない。しかし、私は、平塚らいてうという名が不死鳥として日本女性史に永久に残るのは、そうした晩年の良妻賢母としてではなく、「大逆事件」の処刑のあったその年に、女の力だけで、「青鞜」の産声をあげさせ、旧道徳に敢然と挑戦して、女の中に眠った才能の可能性の発掘という大事業の産婆役をした点にあると信じている。

本章12

女が男を深く恋する方法

年上妻の誇りがあふれる情念

文楽の桐竹紋十郎丈《きりたけもんじゅうろうじょう》がなくなってはや三回忌を迎えている。東京の国立劇場で、三回忌追善興行を迎えているので観にいったが、紋十郎丈のあたり役だった先代萩《せんだいはぎ》の政岡《まさおか》を、愛弟子《まなでし》の清十郎《せいじゅうろう》と簑助《みのすけ》が交替で演じていた。

紋十郎丈も簑助さんも私の小説『恋川』のモデルになってくれた人なので、二人の人並みよりはるかに多い華やかな情事の数々も、私は聞かせてもらっているし、書かせてもらってもいる。

芸人の情事はすべて芸のこやしになるという紋十郎丈の声がまだ耳に残っている。

当夜は簑助さんの奥さんも観に来られていたが、この人は簑助さんより十いくつも年上の女房で、関西の地唄舞《じうたまい》の名手で、結婚当時は簑助さんよりはるかに社会的にも重みがあった。

結婚式の日は、恋多かった二人の結婚が一年持てばいいとかげ口をきかれたそうだが、どうもまだまだつづきそうな仲の好さである。私は『恋川』を書いている時、簑助さんが肝臓で倒れたのを見舞ったことがあったが、その時、病院ではじめて逢った簑助夫人はワンピースに素足という気どらない姿で、まるで中年の付添婦《つきそいふ》のようにお化粧もせず、なりふりかまわぬ様子で献身的に看病していた。

多ぜいの弟子もかかえたお師匠さんで、家なら内弟子にかしずかれ、縦の物を横にしなくてもいい身分なのに、夫人はまめまめしく病院の廊下を走り回り、わがまな若い夫のいいなりになっていた。

私は、踊りのお稽古《けいこ》の方は大丈夫なのかと訊《き》いたら、「お弟子さんも大切どすけど、亭主の方がもっと大切どすさかい」といって艶然《えんぜん》と笑った。

私はその時の簑助夫人の姿を見て、この二人は長つづきするだろうと思った。

それからまた半年くらいたって、簑助さんが東京公演に来ていて、私と一夜会食した。その後で二人とも少しお酒が入り、すしやから大阪の簑助さんの家へ電話をいれ、夫人を呼びだして話した。私が、酔いも手伝って、

「いい御亭主ですねえ」

とお世辞をいうと、夫人の華やかな声が即座に返ってきた。

「へえ、日本一の亭主やと思うて大切にしとります」

私は簑助さんの背を叩き、「日本一だってさ」とからかった。その時もこの夫婦は長つづきするだろうと思った。

それからまたしばらくたって、簑助さんから夜電話があり、

「せんせ、今夜お閑どすか」

という。御飯でもたべようというのかと思ったら、

「もしお閑やったら、うちのおばはんが、テレビの××チャンネルで舞うてますねん。××時からどすさかい、見てやっておくれやす」

という。私は簑助さんの声の中に、才ある妻を得てそれを誇りにしている男の自負心を感じ、そのことをすがすがしいものに思った。

劇場であった簑助夫人は、つつましく身をちぢめるようにして廊下のすみでプログラムを観ていた。私が声をかけると、

「あっ」

といって立ち上り、

「政岡いいですねえ、簑助さん」

というのに、たちまち相好《そうごう》をくずし、

「そうどすか、そうどっしゃろか、どうぞお気づきのことというてやっておくれやす」

という。その顔はやはり才能ある芸人を夫に持つ年上の妻の誇りが輝きあふれていた。

はげしく燃える嫉妬の執念

私はいい夫婦や恋人の結びつきを見るのは好きだ。いつまでつづくかわからないけれど、つづいているその時の輝きにみちた二人の顔はすばらしい。つづかないかもしれないから、つづいている今が美しいのだ。

互いに過去を持つ男と女の結びつきは、過去のない男女の結びつきとはちがって、互いの過去へのはてしない嫉妬を押えあった抑制の上になりたっている。過去の影をひいているからこそ互いが魅力的なのだということを認めあわないではこれらの愛はなりたたない。

互いの過去への嫉妬は、男と女とどちらが強いだろう。やはりある年上の女を恋人に持つ男から打ちあけ話を聞いたことがある。

「彼女はすばらしい女なんです。心もいいけれど、特に官能的にすぐれているのです。そのことはぼくにとっては喜びだけれど、この女をこれまでにした過去の男のことを思うと、たまらなくなることがあります。こういう喜び方も、こういう声も、すべて、誰かがここまでにしたのだと思うと、居ても立ってもいられないような嫉妬を感じることがあります」

というのだった。その気持ちがわからないでもなかったが、男の方が女の過去には執念深い嫉妬を抱くのだろうかと思った。

今度の先代萩は通し狂言で、お家騒動とはまったく別の累《かさね》の話がついている。

累は、傾城高尾《けいせいたかお》の妹で、大へんな美女だったが、足利頼兼《あしかがよりかね》が高尾に迷ったので、主君のために絹川谷蔵《きぬがわたにぞう》が高尾を殺した。累と絹川は夫婦になるが、高尾の怨霊《おんりょう》にたたられ、祝言《しゅうげん》の夜から、累は二目とみられない醜女《しこめ》に面変りする。絹川はあわれと思い、鏡を見たら離縁するといって、妻に面変りを知らせまいと気づかう。

二人は絹川の故郷の埴生村《はにゅうむら》に帰り、絹川は与右衛門《よえもん》と名を改めしのび住んでいる。

そこへ主君頼兼の許婚者《いいなづけ》の歌潟姫《うたかたひめ》が訪ねてきて、与右衛門は姫の危急を救うため百両の金が必要だと嘆く。それを聞いた累は自分の顔をしらないので、吉原のぜげんに、自分を百両で買ってくれといい、冷笑される。この時はじめて鏡をみせられ、自分の醜さを知った累は自殺しようと川辺に急ぐ。そこへ姫や与右衛門や悪者の金五郎が集り、与右衛門が金五郎をだますため、姫といいかわした仲だといったのを累は物かげで聞き嫉妬に狂いだす。たった今まで、夫のために身を売ろうと思い、醜女になったのを夫に恥じ、死のうとした同一の女が、夫に女がいたと聞いたとたん、もう前後の事情も、夫の必死の弁解もまったく耳に入らぬ嫉妬の鬼になってあれ狂う様は、実に凄まじい。

文楽では累はかぶという口が耳までさけて鬼相《きそう》になる首を使うので、この狂乱の場はいっそう凄《すご》さをます。

与右衛門がいくら必死にかきくどき、事情を説明しても耳をかさない累の女のあわれさは、今でも観客の胸をうつ。

女は何という純情な心を持つものか、また何という愚かなものか、何というききわけのない、がんぜないい心のものか、何という一途な必死な想いのものか。

鬼になって夫にはむかい、夫の手で斬り殺されるまで、嫉妬をとり押えることが出来ない累のあわれさは、女そのものであった。

芝居ではその死に顔に仏のお札をのせたら、元の顔にもどったとあるが、現実には、女はやはり死ぬまで自分の迷いから目のさめることはないのではないかと思う。

一度疑惑にとりつかれたら最後、すべてはその色めがねを通してしか物事が見えてこないのである。

あの時、あれがわかっていたらと、後悔することがあっても、それは相当な時間をへてからでないと理解出来ない。

私は他人の目にはあまりにも事柄がはっきりしている夫の浮気に、まったく気づかないでいる妻たちも多ぜいみているが、同時に、他人の目には絶対誤解だとわかりきっている事実のないことに嫉妬して、死ぬほど悩んでいる女もたくさん知っている。

どちらが愚かなのか。おそらく両方とも同じ程度に愚かなのだと思う。もちろん、夫の浮気に気づかぬ妻の方が幸せなのはわかっている。

しかし、妄想の幻影の裏切りにまで嫉妬せずにはいられない、女の情熱のはげしさには、それを見苦しいとか、愚かだとかできり捨ててしまえないあわれさを感じる。しかし、同じ人を恋するなら、そこまで、自分はほろぼしてしまうまで、情熱を燃やしつくす恋をする方が、人間らしくていいではないかと私などは思う。

深く迷うほど救われるという宗教の原理もそこにあるのではないだろうか。

精神から肉体までも若がえらせる恋

敬老の日に、石垣綾子《いしがきあやこ》さんと城夏子《じょうなつこ》さんと岡本太郎《おかもとたろう》氏の、見事に若々しい老人？たちと一緒にテレビに出演した。私は司会役だったが、二老女の七十と思えない若さと美しさに、集まっていた見物席の主婦たちの中からは、どよめきがおこるほどだった。この日、お二人とも特に輝くほどに若々しかった。

石垣さんは若さの秘訣は恋をすることだといい、女の恋はいくつになっても出来るといいきった。城さんは若さの秘密を教えてあげましょうといい、

「それはね、片想いをすることなの、片想いなら誰にも迷惑をかけないでしょう」

といった。

石垣さんが、

「私は片想いはいやだわ、相手にも恋させなきゃあ」

と応じた。

その時もざわめきがおこった。来ていた主婦たちは自分たちには信じられない若さを持つ老女を目のあたりにみて、その口からまだ恋をしていると聞かされたからだ。

私はお二人をわりあいよく存じあげているが、たしかにお二人ともまだ完全に女であると信じている。

女であるとは、母や、老女ではなく、あくまで恋の出来る女であるということだ。それは肉体的なものか、精神的なものかと問いたくなるだろう。もちろん、それは城さんのいうように「想い」だけのものかもしれない。しかし、女が熱烈な想いを持続的にいだけば、そこに奇蹟がおこって、肉体も若がえり肉体の恋も可能なのではないかと私は察知している。

お二人ともかつて、妻ある人を恋し、彼らは妻を捨て、彼女たちと結婚した。お二人はそのことを語る時、決して夫の前妻の悪口をいわない。聡明な人だったと石垣さんはいい、可愛い人だったと城さんはいう。

それでも、彼が私の方を選んだのだから仕方がないという。

私は彼女たちを見ていると、私の人生でも何度かあった恋の中で、私が妻ある男に、妻子を捨てさせて私を選べといわなかった恋の仕方に、一つの人生の道が定まったのではないかと、この頃思うようになった。私は人一倍情熱はあるが、人より執着の少ないことが一つの特異な性情《せいじょう》となっている。

私の恋はいつでも激しく燃え、完全燃焼するため、燃えきった後には美しい白いもろい一にぎりの灰しか残らない。決して余燼《よじん》がくすぼるということがない。そして、人の夫との恋の最後は必ず私が身をひく形で終わる。

私は損をしているのだろうか。

今、私は私の恋のしかたを石垣さんや城さんに比べてまずかったとは思っていない。

執着のないという特性によって、私は少なくとも、我執《がしゅう》のため、恋人に家族を見捨てさせるという辛い想いをさせなかったからである。

本章13

男と女の立場はある瞬間にかわる

相手を自分の想いどおりに得て愉しむ

男が女を育て、女が男を育てる場合を漠然と考えると（もちろん、この場合、親子兄弟などの肉親関係ではない場合）、まず、『源氏物語』の光源氏《ひかるげんじ》と紫《むらさき》の上《うえ》、コレットの『シェリ』の、レアとシェリの関係が思い浮んでくる。ふたつながら小説なのだから、絵空事だといってしまえばそれまでだが、源氏と同じ状態を現実の生活で行なったのが、中世に入って『とはずがたり』を書いた二条と後深草院の関係である。後深草院はたぶんに源氏を意識してのことだろうが、自分に新枕《にいまくら》の秘事を教えた年上の典侍《てんじ》が他の男の娘を妊《みごも》った時から、その胎《はら》の子に期待をかけ、その子を三つの時から引きとり、育てて、十四の春には自分の恋人の一人としてしまう。気長に子供の成長するのを待ち、その間に自分の最も好ましい女に教育して仕立てあげたのである。丹精《たんせい》して苗から花を育て、つぼみがよくふくらんだ時、剪《き》りとって瓶に入れて咲くのをひとりで観て愉しもうという方法であった。

財力と閑さえあれば、男が女をこのように育てることは今でも出来るだろう。源氏は紫の上をやはり初恋の人の姪で俤《おもかげ》を伝えているという理由から幼時に引きとり、理想の女に仕立てあげ、正妻にしている。男にとって、これは理想の妻を得る方法で、男なら誰しも、そうしたい夢を抱くだろうことはうなずける。

しかし、女が源氏や後深草院のように男の子を幼時から引きとって育て、成人するのを待って、自分の情人なり夫にするということは考えただけでも不自然で気味が悪い。男が女を自分のものにする場合は、紫の上や二条の時もそうだったが、一種の強姦《ごうかん》の形で行なわれることが多く、それでも、女はすぐその情態に馴《な》れるし、かえって、その男を慕うようになるケースが多いが、女が男を強姦するという形がすでに不自然だと思う、私たちの感覚が常識的に養われてきているせいもあるだろう。

育てられた女は、大体において、男の好みに合わせてつくられているので、男に従順になるように馴らされている。例外には、谷崎潤一郎《たにざきじゅんいちろう》の『痴人の愛』のナオミのように、すっかり男を手玉にとる女も出てくるが、あの場合もまた、よく考えれば、男がそういうじゃじゃ馬的女を嗜好《しこう》していたから、女の特性の中から、そういうものがひきだされるように育てあげ、それをそそのかし、それを助勢させマゾ的な自分の欲望を遂げたことに気づくのである。結局、あの場合も、男は自分の好み通りに女を育てあげたことになる。

しかし、女が男を育てる場合、所謂、頼もしい男らしい男に育てあげれば、男は女に飼われている生活などは、自分で嫌悪するようになるし、女の支配下におかれるような男のくらしは認めなくなるだろう。

コレットは『シェリ』の中には、若くして年上の女に可愛がられてしまった男は、消し難い傷を蒙《こうむ》ってしまい、男はその後いくら恋愛しても常にこの年上の女との恋愛を思いださずにはいられなくなるということを書きたかったのだといっている。母親の友人だった二十数歳も年上の高級娼婦のレアに少年時代から可愛がられたシェリは、成人して、自分にふさわしい女と婚約しても、レアを忘れられず、レアの影響下からぬけ出すことが出来ず、結局、現実的には年老い肥ってしまって昔の俤をなくしたレアに失望し、自殺してしまう。結局、レアはシェリの心も軀《からだ》も終生支配したことになるが、レアが自分の許《もと》から立ち去って、若い娘と結婚しにいくシェリを見送る場面の悲痛さは、全篇の圧巻である。

自分の計算の怖ろしさにひるむ女

アンリ・バタイユは、この『シェリ』の最後の二十頁はダンテの作品に見られるような、思わず人をどきっとさせずにおかぬほどの崇高な趣《おもむき》を持っているといっている。若いシェリを若い彼にふさわしい少女の許へ送りだすレアがこの上なく哀切に見えるのは、レアのシェリに対する愛が肉の愛から精神の愛に移り、驕慢《きょうまん》な独占の玩弄物《がんろうぶつ》的な愛から、謙虚な自己放棄の犠牲的な愛に移ったせいであり、しかもそれが、こともあろうに、レアが無能な人形のように美しいだけが取柄のペットとしかみていなかったシェリから、自分が色事を仕込んで情人に育てあげたシェリの口と態度から教えられたからである。シェリは、レアがシェリの妻に嫉妬して、思わず、口汚く悪態を叩いた時、レアの両手を摑みたしなめる。

「そんなことをいうな、ヌーヌーヌーヌ」

ヌーヌーヌというのはふたりだけの間のレアの愛称であった。

——彼はテーブルのまわりをぐるりとまわって、怒りに体を震わせながらレアにつめよった。

「そんなことじゃない！　僕がゆるさないのは、いいかよく聞くんだ。僕はきみが僕のヌーヌーヌを汚すのをゆるさないっていうんだ」（中略）

「この僕はね、ヌーヌーヌならどんな口のきき方をするものか知っているんだ！　どんな物の考え方をするか知っているんだ！　僕にはそれを知るだけの暇が十分あったのだ。忘れもしないが、僕がうちのやつと結婚するすこしまえ、きみは僕にこういった。《とにかく、あんた意地悪をしないであげてね……。いじめないようにしてあげてね。……なんだか私は女鹿を猟犬の手に渡すような気がするのよ……》って。立派な言葉だ！　それがきみという女なのだ！　また、結婚式のまえの日に僕が脱けだしてきみに会いにきたとき、いまでも覚えているが、きみは僕にこうもいった……」（中略）

「ねえ、ヌーヌーヌ、僕たちの仲がはじまったとき、僕はきみがどんなに気風《きっぷ》の粋《いき》な女であるかということも知って、その気風の粋な女としてのきみを僕は愛したんだ。僕たちの仲がお終いにならなけりゃならないとしても、それできみがほかの女たちと同じ女になっていいものか？……」

十九の年からレアの情人にされていたシェリが二十五になって四十九のレアに向ってこれだけのことをいうようになったのだ。

レアは打ちのめされながら、喜びと悲しみに震える。レアはいう。

「もしほんとうに私が一番気風の粋な女だったら、あんたの体と私の体の楽しみばかりを考えるかわりに、私はあんたを一人前にしてあげられたでしょうよ。一番気風の粋な女だなんて、とんでもないわ。あんた、私はそんな女じゃなかったわ。あんたをずっと手放さなかったのだもの。そしていまじゃもう遅すぎるわ……」

レアは自分の悲しみを押えこみ、勇気を振ってシェリを自分の許から若い娘の方へと解放してやる。悲しみと絶望に耐えながら、ドアを開け、シェリを押し出してやる。

この『シェリ』の最後の章のレアの哀切さを読む時、かりにも男を育てようなどという大それたことを考える女も、自分の計画の怖ろしさにひるまずにいられるだろうか。

「あんたのだらしないところは全部この私の責任だわ。そうよ、ほんとうにそうだわ、美男子さん。二十五歳にもなりながらあんたはこの私のせいでそんなに軽薄で、そんなにわがままで、しかも同時にそんなに陰気なんだわ……」(「　」内は高木進訳)

大概の女なら人生も終わったような年齢なのに、シェリが女の中で最も美しい最も立派な女と思っていてくれたという感謝が、レアを謙虚にし、自分にとっては肉体の一部のようにとけこんでいるシェリをもぎ離して解放してやろうという勇気を生む。

女が男に感じる恐れと不安

レアとシェリのような、娼婦とヒモの関係でなく、もっと高尚な、たとえば侯爵夫人と青年という関係も、フランスの小説には多く出てくるし、実人生でも、たとえば、バルザックとベルニー夫人(『谷間の百合』のモデル、バルザックより二十二歳年長)とか、バンジヤマン・コンスタンとシャリエール夫人(十八歳年長)。あるいはコンスタンとスタール夫人(一歳年長)の関係もある。スタール夫人は一歳しか年長でないのに、コンスタンに強い影響を与え、気の弱い移り気なコンスタンの心を強く呪縛した点では、精神的にその恋愛関係でコンスタンはずいぶん啓発され、成長させられている。『アドルフ』という古今の名作はスタール夫人の影響がなくては決して生まれなかったものだろう。

コンスタンにおけるスタール夫人のような役目を持ったのは、バルザックにおけるハンスカ夫人だった。

バルザックは青春のはじめベルニー夫人の優しさと教養と母性的愛に包まれ成長し、夫人をモデルにした『谷間の百合』という傑作を遺《のこ》したが、ポーランド貴族のハンスカ夫人と文通するに及んで、ハンスカ夫人に強烈な恋をし、晩年の傑作はほとんどハンスカ夫人との恋の情熱が生んだものだった。

しかし、スタール夫人やハンスカ夫人は必ずしも、相手にとってやさしい恋人でも母性的な恋人でもない。スタール夫人の強烈な個性と、「男おんな」と呼ばれたほどの激越《げきえつ》な情熱や教養は、コンスタンを苦しめたし、ハンスカ夫人の冷たさと驕慢もバルザックを決して幸福にはしなかった。にもかかわらず、彼等はこれらの一種の悪女から、強烈な影響を受け、自分の可能性を引き出してもらっている。

女が男を育てるという意味は、男の意識しない能力もひきだし、開花させることだと解すれば、男を育てるのは、必ずしも大母性型の教養ある才女でなくても、むしろ悪女の典型のような女でもいいのではないか。傷めつけられ、反発するエネルギーが、思いがけない仕事を生む原動力になったりもする。

男が女を育てる場合は、女の成長を見守る愉しみの中に、その見返りとして自分にかえってくる快楽への期待がかけられるが、女が男を育てる場合は、むしろ、手ひどい裏切りと辛い別れを覚悟してかからねばならない。男が五十になるやならずで、自分の娘のような情婦にむかって、「もう遅すぎる。私はおじいさんで、お前にはふさわしくない。人生の終わったような自分にこれまでつくしてくれてありがとう」など、いうだろうか。しかし、女は、四十をすぎると、早くも自分はもう若くはないのだという強迫観念にとりつかれる。

自分の育てた男が自分の予想を上まわって、大物らしい風格をそなえてくればくるほど、女は歓びと同量くらいの恐れと不安を抱かせられる。一人前に育った男が、せまい巣を飛びだし、大空へむかってはばたこうとするのは当然の成行きだからだ。

自分の腹を痛め骨と血をわけて育てた自分の子供でさえ、十六にもなれば、もう精神的離乳も自立もするものだということを、女は自分の情夫に対しては忘れがちになる。

男との辛い別れを恐れるなら、凡庸で優しいだけの無害な男を選び、慰めだけをわけあっていればいい。少しでも男を育てたいなどという野心を持つなら、別れの日の覚悟を決めて、その瞬間までの充実した歳月の歓びをとることにすればいい。

生きている実感を与え合う関係

しかし、果して、女が、あるいは男が、相手を育てたり出来るのであろうか。

私は男と女の関係は、必ず損得ふくめて五分五分だという信条を持っているので、男を育てようとも思ったことはないし、男から育てられようとも期待したこともない。

たとえばセックスひとつを例にとってみても、リードする側とリードされる側は、いついかなる瞬間から、反対の立場にたつかわからないのである。

ひとりの相手によって、才能の可能性が芽を開く人間は、他の相手だって、組合せさえよければ、その程度に育つのであって、何も、ある一人の人間によらなければ育たないということはあり得ない。私のおかげで、あんたはここまで育ったんじゃないかということばは、女が男から見棄てられようという瞬間に思わず口ばしりたがることだが、これくらいみっともない惨めなことはない。

自分の悲しみをひたかくして、相手の前途を祝福してやるだけの大きさが生まれないなら、相手を育てたと自惚《うぬぼ》れている女の考えも、錯覚かもしれないのである。本当に育てられ、内容も充実した男なら、女から身をひきたくなるような輝かしさを自分にすでに具えている筈《はず》であるし、はしたない狂乱ぶりを示す女をたしなめて、深い恥も覚えさすだけの度胸も出来ている。ジゴロのシェリでさえ、大年増の粋なレアにあれだけ、りっぱな態度をとらせることが出来るのだ。

生まれつき、ウル・ムッターと呼ばれるタイプの女もないではない。岡本かの子は、自らそう信じ、彼女をとりまく夫をはじめ若い恋人たちもそう信じていた。ある男の生涯に決定的影響を与え、男に生命力をみなぎらせ、生きる意欲を与えるエゲリアの女性とも呼んでいる。エゲリアもウル・ムッターも男を育てる能力を持つが、かの子は自分が愛したり、身近に集めて共同生活をしたこれらの男たちを無意識的に育てると同時に、彼らから存分に養分を吸いあげ、奉仕させ、自分が育てられてもいる。どんな人間関係の中でも、一方が一方に与えっぱなしということはあり得ない。歓びであれ、苦痛であれ、無関係の仲よりも、与えあった方が、必ずそこから何かの育つ芽をふいてくるのは必定だ。どちらが得をし、どちらが損をしたかは、互いに棺を掩《おお》う時に至らなければわからない。

不思議なもので、恋愛のはじめというものは、互いがどんなにつまらない相手でも、一種の生命力の昂揚《こうよう》がおこり、その人間として最上のコンディションが肉体にも精神にもひきだされるもののようである。相手に生きている実感を与えあい、生きる歓びも与えあう時、その人間が育たないのは嘘で、もし、男でも、女でも、相手から育てられた時期があるとすれば、恋のはじめから、恋の成長期にかけてであろう。恋が成りたち、もうその愛に馴れあいが生じ、互いに新鮮さも愕《おどろ》きも感じなくなった頃、いや、互いにではなくとも、一方だけでも、その恋のさめてきた時期から後は、もう成長を助長する効力は失われている。

互いに傷をなめあう獣の目のやさしさ

恋の不思議というものはそういう処方箋にこそあるのだと思う。だから、恋がさめたと気づいた時は、そういう愛を従来のまま、習慣や馴れあいでごまかさず、いさぎよく断ちきることが好ましい。ただしそれはあくまで成長したがりや、あるいは育たせたがりやの性分の人で、人間は何も、無理にそう力みかえって育ったり、育てたりしなくても幸福でいられるし、生きていくことに大して支障ももたらさない。

私は若い時から無性に育ちたくって、自分が育ったと自覚しないような、なまぬるい愛には一日も坐っていることががまんならず、すっぱすっぱ、人と別れ、愛を断ちきってきたけれど、今になって思えば、何もそう力んだ勇み足ばかりの生活をしなくてもよかったのではないかといささか、自分の過去に嫌悪感もある。

今でも、昔覚えこんだ踊りが忘れられず、ひとつの愛に倦怠すると、あるいは相手に倦怠感が見えてくると、もうそこに居たたまれず、少々の傷や損は覚悟の前で、その愛を断ちきりたくなる性分は改めようもない。結局、私自身は死ぬまでそういうくりかえしをして生きていくのだろうけど、男と女の関係では、真剣につきあえば、そこにはどんな相手からでも、予期以上の精神的贈り物を受けていることに気づかされる。別れた男から、私は屢々《しばしば》感謝されてきたが、よく考えてみると、どんな別れ方をした相手からも、私はたっぷりの肥料をもらって、育ってきたことを反対に感謝しなければならないと思う。

昔、遠い日のこと、私はいつか大金持ちになったら、西洋のサロンのようなものを開いて、有能な芸術家や、学者の卵をいっぱいあつめて、彼らのパトロンになりたいなど思ったことがあった。たぶん、ジョルジュ・サンドや、スタール夫人のような生き方に憧れていた頃だろう。日本の現在の社会にサロンなど持ちようがなく、何より私にそんな財力はどう転んでも持ちようがないとわかった今は、思いだすだけでも滑稽な夢だが、そんなことをまったく考えてもみない女の人もいるだろうから、そういうことを一時にもせよ夢みた私の中には、多分に母性的というより男性的要素が強いのではないかと気づいてもいる。

母性的女が、男を育てそうに思われるがそれは反対で、男を育てようなど意志することは、男の才能をプロデュースする愉しみみたいなものを期待しているのだろうから、それは母性とはまったく反対のものではないかと、この頃は考えている。

私は、育てたり、育てられたりする男女の愛などは希わず、だまって向いあい、あたためあうだけの愛が、最も自然なやすらぎのある男女の愛と呼べるものではないかと考えるようになった。

ただしそれは馴れあいと惰性と怠惰にあぐらをかいている世の夫婦の愛とはまっ

たく似て非なるものである。

互いの傷をなめあう獣の目のやさしさが、人間の男女の愛にももっとよみがえっていいのではないか。

本章14

男に頼らず生きようとする女の愛し方

自分で産む決心をつける自由な女

男女同権をいくらとなえてみても、女だけが妊るという生理が変らないかぎり、本当の男女の公平な同権は得られないのではないかと、私はかねがね考えてきた。女が十カ月おなかに子供をかかえている不便さや苦痛や、出産の危険は、男には絶対に分けもってもらえないものなのである。お産の時、妊婦の手をしっかり握って出産を力づけたという甘いご亭主もいないとはかぎらないようだが、普通の神経の女なら、お産の不様《ぶざま》な様相《ようそう》は、愛する男には見せたくないと思うのではないだろうか。

女がつわりで苦しんでいるのは、もとはといえば自分のせいだとわかっていても、何日も不健康な顔色をして、いっしょに物を食べている最中にげえっとやられては、男の方ではそれが愛するが故《ゆえ》に快く、女がいっそういとしくなるなどというのは嘘だろうと思う。人間の感情と神経は別なのだから、いくら愛していても感覚的には不愉快に決まっている。『源氏物語』の中には妊娠した女を美しいと源氏が思うところがあるが、平安朝の貴族の女の着物は、十二単《ひとえ》ならずとも袿《うちぎ》という、どてらの大きいようなものをかけているのだから、おなかがいくら大きくなってもさほど目立たないし、腰やお尻がいくらどかっとしてきてもそれは袿がうまくカバーしてくれる。そんな着物の中にくるまった小さな女が妊娠で、動きがゆったりして、肩で息をしたりすると、弱々しくみえて、いっそう可憐《かれん》に感じるのはうなずける。しかし、一度妊って、十カ月間、自分のおなかの次第にふくらむのをつぶさに見てきた女なら、鏡に映した、あるいは上から見下ろした自分の妊ったスタイルをよもや美しいなどとは、どんなナルシストの女だって感じることはあるまいと思う。

男と女が愛しあったあかしに妊娠し、その重荷は女にだけ背負わされるというところに造物主のそもそものまちがいか、もしくは深慮《しんりょ》があったのではないか。

最近、父のない子を産む未婚の母が続出してジャーナリズムを賑《にぎ》わしている。アイルランドのデブリン嬢をはじめ、桐島洋子《きりしまようこ》さん、加賀《かが》まりこさん、緑魔子《みどりまこ》さん、みんな、父親と関係なく「自分の子」を産んで自分で育てているし、産み、育てようとしている。この中で、桐島さんが最も先輩で、すでに三人だか四人だかの父のない子を産み、育てている。育てているといっても、彼女は赤ん坊の時からさっと人手《ひとで》にゆだね、自分よりもっと保育の才のある人にあずけ、自分はそのお金を稼ぐことに励んでいる。ミス・デブリンは、政治家という面倒な立場にありながら、父のない子を産むと宣言して世界を愕《おどろ》かせた。

緑魔子さんは現に赤ん坊の父親と同棲しているけれど、子供は父親と関係なく産みたいからといって、恋人と結婚はしようとしていない。愛する人といつでもいっしょにいたいのは自然だし、その間に、子供が産まれるのもとても自然だ。しかし、だからといって、子供の父親を、結婚にしばる必要はないというのが彼女の意見らしい。

加賀まりこさんの場合は、恋人との愛が終わった時点で妊娠を知り、過去の愛とは関わりなく、子供を産みたいと宣言した。宣言したというところに、彼女が女優だという悲劇がある。普通の女が、愛した男と愛をわかちあい、その結果、不用意に(愛する二人だからといって、毎日必ず、子供を産もうと思ってセックスする人間が、今時あるだろうか)妊ったとする。そのことに気づいた時、男の心は去っていた。女は様々考えた末、少々不体裁でも、子供を産みたいと思う。彼女には幸い男に頼らず、子供を育てていく経済力の自信がある。

彼女はひっそり転地でもして、知らない土地で子供を産むだろう。お金をだして赤ん坊をみてくれる人も、施設もあるだろう。彼女は恋人は失ったが、自分の分身を得て、かつて味わったことのない人生の深い喜びを得る。めでたしめでたしで一巻の終わり。しかし、加賀まりこはたまたま人気のある女優であったため、しかも常に華やかな恋の噂にとりまかれた女優であったため、こんなプライベートな問題までジャーナリズムの餌じきにされなければならなかった。

男と女が白熱の愛をかわすとき

私は緑魔子さんも加賀まりこさんも会って知っている。二人とも美しいガラス細工のような少女だった。二人とも知的で、会うとまったく面白くない多くの女優さんに比べて、会って話した方がより魅力的なチャーミングな少女たちであった。何よりも彼女たちは二人とも、若いのにすでに自分の意見と、感性を確固として確立していた。他人の思惑《おもわく》などまったく歯牙《しが》にもかけないところがあった。魔子さんはたしか私の会った頃は今同棲している若者とはちがう人と恋愛していた。彼女たちは恋をしていることをちっともかくそうとはしなかった。共に爽やかな印象であった。それからもう数年もたつ。彼女たちも今では既に三十近い成熟した女になっている。しかし私にはやはりまだ可愛らしい小妖精《こようせい》のようにみえてしかたがない。ガラスのお人形のような女の子が赤ちゃんを産む。どこかメルヘンめいて感じられてならない。しかし、現実はメルヘンどころではなかった。魔子が、わりあいひっそり、望み通りしあわせに子供を産めたのに、まりこの方は、気の毒なほどジャーナリズムの餌じきにされた。赤ちゃんの父の名をまりこは決して口にしないのに、赤ちゃんの父の名が臆測されて、事実のように活字になった。

これではまりこもたまらなかっただろう。私は着物を着て、神社の前で安産を祈っているとかいう見出しのついた週刊誌の彼女の写真をみて悲しくなった。こんなポーズは、断乎《だんこ》として断わればいいのにと思った。私は彼女を本当の意味でインテリだと思っている。それは以前の恋人を批評した彼女の短いことばの中にもあらわれていた。私はそれを読んだ時、なるほど彼女は彼と別れるしかなかったのだと思った。

私が夫の家を飛びだしたのは二十六歳の時だった。恋の相手は四歳年下だった。今の彼女たちと似た年齢だったのかと感慨がある。相手の男はまだ二十二歳なのに、私は二十二歳だとは扱わず、自分と同等に、時には自分より年上の男のように感じていた。彼が私との恋にふみ迷ったその時から、どんなに背のびして、無理をしつづけてきたか、わかったのは、それから大方二十年近い歳月がたってからであった。

男と女が愛しあう時、年齢なんか関係はないと私は書いた。今でもそれはそう信じている。しかし、日常的な生活の智恵は、時には一日の長ということばがあてはまることがあるのだ。それに、どんな女でも女は、いざという時度胸が座り、自分の年齢を超えて、母性的になることがあるように、男の方はそれに反比例して、いざという時、意外に小心で、臆病で、小児的になることがあるものである。

加賀まりこの終わった恋の相手が、彼女に妊娠したと聞かされ周章狼狽《しゅうしょうろうばい》したというのを週刊誌はこぞってとりあげ、まるで責任感のない男のように非難を集中させていたが、私にはそういう記事を書く雑誌の記者の方こそ、無責任でいいかげんだと思う。加賀まりこほどの女が、自分で父のない子をはじめから産もうと考えるくらいの女が、赤ん坊の父に今更、相談をもちかけたなんて信じられないからだ。

一度去った愛が、赤ん坊が出来たからといってもどるものではないくらい彼女は知っているだろうし、万一、そんな理由で男が愛をもどしたりしたら、彼女の自尊心は自分を許さないだろう。

セックスは人間の愛の必然の形として行なわれる。しかし、セックスは産むためばかりが目的でなく、快楽だけの目的の場合だってあるのだ。そこから自然に子供が産まれた時、産もうとするのも、産むまいとするのもその人の自由である。私は子供をおろすことを、人一人殺すような罪悪とは考えていない。今の社会では、子供を安心して産み、育てていけるほど経済生活を保証されていない人々が多すぎる。すべてが加賀まりこのような収入があるとはかぎらないのだ。それでも男と女が前後を忘れ、白熱の愛をかわすことだってあり得るのだ。バースコントロールはあくまで人間のすることであって、万能ではない。そこに造物主の不思議な摂理が働くのだろう。みすみす、産んでは親も子も不幸になるような時は、堕胎も一考していいと考えている。しかし、妊った子を産みたいと思うのは女のごく原始的な本能であって、それをそうしたからといって「淋《さび》しさをまぎらす人形をほしがるようなもので不愉快だ」などという批評をすることはまったくないと思う。

加賀まりこ自身がおそらく、あの騒ぎに最も困惑したのではないだろうか。子供の父というが、お互いに子供を産もうという覚悟でもなくセックスした結果をとらえて、父よばわりされる男も気の毒な気がする。彼が涙を浮べておろしてくれと頼んだというのが本当なら、彼は正直な人間で、別に責任感云々《うんぬん》をとわれることもないように思う。そういう彼を愛してしまった女にも責任はあるので、男と女のことはあくまでフィフティ・フィフティである。

たとえば、純粋な快楽のためなら、私は受胎《じゅたい》日とみなされる前後一週間に何人かの複数の男性と、かりにセックスしていてもちっとも彼女はとがめられないと思うのだ。と同時に、その時、彼女が、自分にも誰の子かわからなくても、子供は私の子にちがいないからと自分で産む決心をつけるのこそ、真の自由な女だといえるように思う。

結婚して、子供を産む。もちろん、それが今の社会のきまりであり、一夫一婦制の中での、最も抵抗のない母のなりかたである。しかし結婚制度に疑問を持ち、入籍の意味を認めず、男に頼らず生きようとする女が出てきた以上、未婚の母はこれからも益々《ますます》ふえていくだろう。

自分にいいきかせてきた女のせめてものつぐない

私もかつては結婚していない相手との愛に妊り迷ったことが何度かあった。ぜひともその人の子を産みたいと思うほど、慕《した》わしく優秀な相手だったから迷ったのだが、私はその迷いの途中で、相手にはそれを打ちあけなかった。結婚していない相手は、その場合、産むなといえば、私を傷つけるだろうと思ってそういえないだろうし、産めといえば、やはり私を生活的に窮地に追いこみ、スキャンダルの渦《うず》にまきこむからいえないだろうと察したのだ。私ははじめから、彼らに家庭のあることを知っていて恋におちたのであり、注意したにかかわらず妊ってしまったのだ。私は彼らに家庭をこわしてほしいとは考えたことはなく、自分と結婚してほしいとも考えていなかった。そして私は最後に、自分が子供を産みたい欲望を通すことは、結局一時的にせよ彼を苦しめることになるだろうと思って、子供の出来たことは告げたが、自分ひとりで処置をとった。すべてが終わって結果を彼にそれと告げた。その瞬間のあわれみと、愛と感謝にみちた彼の一瞬の目に、私は報われたと思った。同時に私は、夫の許《もと》に置いてきたひとりだけ産んだ娘に対しても、せめてものつぐないをしたような気持ちになるのだった。その時、どんな事情があったにせよ、夫の許に置きっ放しにして他人に育ててもらっている娘に、私がまた他に子供を持つことは許されないような負い目を感じつづけているのである。本当にその人の子を産みたいと思う男にめぐりあっても、私は決して子供は産むまい。そのためどんな淋しい晩年を迎えても、それは私の娘に対するせめてものつぐないだと自分にいいきかせてきたのだった。

若い人たちの未来はいつでもきり開いていける。世の中は変るし、道徳も結婚観も変る。私はもう十年も前からそういい暮らしてきているが、そういう私を奇異な目でみる人の方が多かった。しかし、今、未婚の母をさほどさげすまない時代が早くも訪れているのだ。これはやがて、家庭の崩壊と、親子のありかた、夫婦のきずなを根底からゆり動かす日のくる前ぶれのように思われてくる。

本章15

女が男を見限ってしまう理由

男優位にある男女間のモラルは

何の週刊誌だったか、米国の何とか州で泥棒してつかまったある妻帯者が、実は女であった、という記事を読んだ。

男になっていた夫は、子供の頃、母親からお前は男だったらよかったのにと、あんまりいわれ通したので、自然に男の子を真似るようになり、母親も男の子らしく振舞う彼女を助長したので、服装や態度まで男らしくなり、男装が身につき、いつのまにか、偽男になって暮らしていたところ、たまたま妻になった彼女にめぐり逢い、猛烈に恋されて、結婚してしまったというのである。

しかし、いざ結婚となると、さすがに迷って、鼠蹊部《そけいぶ》の病気になったので手術をするとかいって、別の州へ何カ月か姿をくらましたり、脱税がばれて、入獄していたとかいって何カ月か行方をくらましたりしてみたが、一向に恋人があきらめないので遂に情にほだされ結婚してしまったというのである。

妻の方は、何となく女っぽい夫の腰つきは鼠蹊部の手術の時、女性ホルモンの注射をしすぎたからだという夫の言を信じ、ある時発見した夫の女名前の身分証明書については、妻のための徴兵逃れの小細工だという夫の言に感激し、完全な性交のないのも手術の不手際のためだという言い訳にうなずき、巧みな愛撫で五年間満足し、露疑ったこともないというのであった。

この妻はどうも知能程度を疑いたくなるが、この話は、はからずも、ボーヴォワールの「人は女に生まれない。女になるのだ」という意見を想いださせる。

最近わが国では、特に同性愛者の結婚生活というものが週刊誌を賑わしてきた。男どうしの結婚や女どうしの結婚が堂々と発表され、当人たちは恥かしい顔をせず、中には教会で式を挙げたりする。世間は戸惑い曖昧な表情で顔を見合わせながら、それでも、十年前には絶対考えられなかったような寛大な、あるいは無関心な態度でこれを見すごし、とりたててこの異常な結婚に抗議もしなければ、非難もしなくなっている。むしろ、三角関係や、乱婚、姦通などよりも無害（？）なものとして見逃しているようである。

男らしい男、女らしい女というイメージも、時代と共に変っている。男女共に服装界では、ユニセックスが称えられ、男は長髪になり、女のマヌカンは坊主頭であらわれてきた。

現実には、妻の方が高給取りの夫婦も相当数に上っており、女房を働かせることを男の恥と考えた男の誇りは今や古典的となり、今では働きのいい女こそ、妻をめとらば理想的として、探している男が多い。

女性週刊誌では、かつて少女のヌードが男の雑誌で鑑賞されたように、男のヌードが大いに鑑賞されはじめてきたし、男の化粧品は、年々に増加し、あらゆる化粧品会社は男性用化粧品の宣伝に大童《おおわらわ》になっている。

どう見ても、かつての男性的な男性という単純な表現では、男を捉えられなくなっているのである。

それでも尚まだ、女性に関する研究書の夥《おびただ》しさに比しては男性単独の研究の書物は殆どないに等しい。男性はいつでもイコール人間と考えられているが、女性は、人間以外に女である人間という別個の表現がふさわしい扱いを受けている。

女性に関する研究の多くが、男性の手よりも女性の手によって推し進められてきたように、男性に関する研究は、男性の手で、開拓されていくだろうか。否、おそらく、これもまた女性の手で切り開かれていくのではないだろうか。何故なら、現段階では、まだまだ男にとって都合のいい社会であり、男優位の男女間のモラルが横行している時代だから。

自分の産んだ赤ん坊への本能的快楽

失楽園の時に始まり、いつの時代でも女が男よりずるがしこいと定義されてきたが、長い人類の歴史をふりかえってみると、残念乍ら、女は時々小賢《こざか》しくはあっても、聡明度に於ては男には適《かな》わない存在であったようだ。その証拠に、男たちに体《てい》よくおだてられたり、威嚇《いかく》されたりして、従順を美徳だとする女の徳性（?）を押しつけられ、男の希望するタイプの女らしさに憂き身をやつして、ひたすら男の性的欲望の排泄《はいせつ》の結果として子を産み、育てさせられてきた。

時々、様々な時代に「目覚めた女」があらわれては彗星《すいせい》のように短く輝き、女権を叫んでみたが、それらの意見は男たちの無視と反対に遭《あ》う前に、同性から異端視され、反撃され、女たちの間には根を下ろさなかった。

しかし、女を見くびりすぎ、女の教育の芽を摘《つ》みすぎ、女には子供さえ産ませ、あてがっておけばいいと考えていた男たちの怠慢は、ようやく長い世紀の間に、思わぬ復讐を受ける羽目に立ち至っているようである。

男は家庭のわずらわしさの一切は妻にまかせ、育児や教育の面倒さえも妻に押しつけ、自分は外に出て、妻のために稼ぐという名目のかげで、同時に家庭を忘れた男の快楽にうつつをぬかしている間に、子供は「妻好み」の人間に育てられていった。

妻は結婚に対し、夫に対して抱いていた結婚後の過大な幻影や期待のほとんどが破れる頃から、子供にとり囲まれてしまい、身動き出来なくなっている。

閉ざされ、裏ぎられた欲求不満のすべては、育児という目前の仕事にむかって黒い情熱となって固まっていく。

出産の時の喜びは忘れて苦痛だけを思い浮べ、あれだけの苦痛を伴って、自分ひとりで産んだ子供は、当然自分ひとりで自由にしていい筈《はず》だという考えが生まれてくる。

女としての自分に、次第に無関心になってきた夫への恨みを、夫の分身である息子にそそぐ愛撫ですりかえて自分を慰める。

ボーヴォワールも言っている。

「世間が女にあたえている軽蔑と母によせている尊敬、この二つの和解のうちにはじつにはなはだしい欺瞞《ぎまん》がある。女に一切の公的活動を拒否し、男性がいとなむような職業を閉ざし、あらゆる領域において女の無能をはっきり公言しつつ、〝人間の形成〟というもっともむつかしく、もっとも重大な仕事を女にゆだねるというのは許しがたい矛盾だ。多くの女性には今なお風習や伝統が、男の特権たる教育や責任や活動を禁じている。しかもこういう女たちの腕に平気で子供を抱かせる。ちょうど彼女達の幼いときに男の子と比較しての劣等性を、人形を与えて慰めたように。女には生きることをゆるさない。その代償として、肉と骨でできた玩具で遊べというう。女が完全に幸福であるか、聖女であるかでないかぎり、自分の権利をついに濫用することになるのも当然だろう」

自活している女は、家庭の主婦たちを無能呼ばわりしておさんどんでも出来る仕事に甘んじて、社会的にアンガージュマンもしないと内心つぶやいている時、家庭の主婦たちは、自活して結婚もしない女たちを、女性の魅力にかけるから、男にふりむかれなかった不運な女たちなのだと優越感を持ってあわれんでいる。どっちもどっちで、女は自活し、機会があれば男をつくり、子供を産み、尚かつ仕事をつづけるのが、女の可能性を最大限に生きる生き方だと私は思う。その時、結婚するしないは、女の自由と都合にまかせていいのではないか。ただし、その場合、女は自分の子供を自分で育てる覚悟を持っていればいいのだ。

しかし女手ひとつで育てあげられた男の子というのがまた問題になるだろう。相当解放され、新しい考え方の出来る女で、男に対しては対等に物を考える癖をつけている女でも、母性愛という居心地のいい情緒からはなかなか解放されない。

女たちのほとんどは、こと母性愛に関してはたちまち団結し、針鼠のように全身棘《とげ》にして敵にはむかってくる。

彼女たちの言い分はいつでも決まっている。女は子供も産んだ以上、子供を家庭で育てるのが母としての義務であり、その尊い聖なる義務をなげうってまでしなければならない女の他の仕事など、いったい何があるかと抗議する。

自分の産んだ赤ん坊の面倒をみることが自分の本能的快楽であることには触れないで、聖なる義務だというところにもう誤解がはじまっていることを彼女たちは認めない。

娘たちがぼやく不甲斐ない男の子

ある女教師は、自分が子供を産んだ後も、教師をつづけていたが、気がついた時、自分の子供が母のいない淋しさにひどく傷ついていたことに気づき、深い後悔と共に他人の子を教える教師の職を投げうった。家庭に落ちつき、自分の子供の面倒を見て、これこそ母としての本然の姿だと安心したという感想をよこし、私が母となっても子供は託児所にあずけて働く方がいいといった意見に、猛烈な反対を称えてきた。

しかし一方、ある男性は、自分は父親の顔もしらないうちに父と死に別れ、母と母子寮に住み幼年を育ったが、そこでは自分のまわりの子供たちのほとんどが、父のない子で、母親はみんな昼間働きに出ていたから、そういうものだと思って育ち、母に面倒みてもらえないことに何の不都合も感じなかった。あなたの意見は正しいといってでも来た。

学生運動の起こる原因になった大学問題にしても、通りのいい大学に入れたいという希望は、一家の中で母親ほど強いものはないし、そのため、まだ自分の意志など持たない子供のうちから、幼稚園を選ばれ、学校のコースを決められる。気がついた時には、ベルトコンベアに乗せられたように、母親のつくった軌道を走るしかなくなっている。

幼い時代から、学習塾に通わせられ、試験勉強に追いまくられ、名門校に入ることだけを目的に育てられた男の子たちが、大学受験に母親につきそわれて行くのを見ると、私など戦前育ちの人間は情けなくて涙が出る。そして、今の娘は可哀そうだとつくづく思う。恋人を戦争にとられないかわりに、大学受験に母親につきそわれたり、キャラメルで学生運動を見舞われたりする子供っぽい頼りない男しか相手に出来ないのかと思うからだ。

それでも、学生運動でもしようかという学生たちは、男らしいところがあって、母親離れがしてくるからまだ見所もあるけれど、一方、親に仕送りさせていながら、大きな顔で学生運動さえしていればいいという甘えた態度の見えるのもおかしいのではないか。女にしても男（たとい学生であっても）にしても、何か反体制的なことを称える時は、自活していた方が人をうなずかせる根拠がある。

子供の時は、教育ママにこねまわされ、学校にいっては試験制度でがんじがらめにされ、大学を出て、社会に出てからは、今度は立身出世のために社会の水ももらさぬ機構の中で、骨抜きにされていく。

昔、学生運動をしていたような人間ほど、一度会社の組織の中に組みこまれると、反動にまわるのが早いとは、よく大会社の女子職員がぼやくことばである。

何が彼等をこうつくりかえるのか。

教育ママに猫可愛がりして育てられた不甲斐ない男の子たちは、恋愛の場でも背中に母親の視線をくっつけてくると若い娘たちは軽蔑する。

調査の結果大学生に意外に童貞のパーセンテージが多く出たという現象と反比例して、女子学生の処女は至って少なくなったという調査もあげられた。

今ではもう、娘たちは、セックスを自分の責任で快楽しようとするのに対し、男たちは、責任をとらないでいい遊びを慎重にしたいと望んでいる。

去勢されていく男に失望した娘たち

私の身近にいつでも口では進歩的なことをいい、デモに参加し、女は職業を持つべきだといい、職場では男女平等の待遇を闘いとるべきだという意見の、大へんなフェミニストの男性があった。

彼は才能のある女優の卵と恋愛し同棲した。彼は有線放送のスタジオに勤めていたが、年齢相応の、高くも低くもない普通の給料をとっていた。

彼の恋人は、彼が誰よりも早く認めていた女優としての才能を、先輩女優の急病というチャンスで代役によって摑み、それ以来、急に芽が出て、同棲二年後には、もう街でふりかえられるような新進スターになっていた。

彼の方は相変らずの勤めをしているうち、会社がつぶれ、それを機会に、仲間で共同出資して、貸スタジオを持つことになった。その資金には、彼女がたまたま、ある化粧品会社の専属モデルとしての契約金にプラスして、借りられるだけ彼女の名儀で借りた金があてられた。籍こそ入っていないが夫婦同様の気持ちだった彼女の方は、当然のことと思い、惜し気もなく彼に出資した。彼との交際で教育されて、彼女は男女は平等で、どっちがどっちを養うなどという義務はないのだと思っていたし、能力のある方が、よけい二人の生活費をまかなうのは当然だと思っていた。

しかし、女の金を事業につぎこみ、その事業がはかばかしい成果を見ない日がつづくうち、男の態度は次第に変ってきた。彼は、彼女から暗黙の圧迫を受けていると被害妄想を抱き、その重苦しさを忘れるため、酒の力を借り、その酒を呑むため、バー通いを繰り返すようになった。

女の才能を認め、結婚して、女を縛ることは、女の真の自由を妨げるといい、子供をつくることも、女の才能ののびざかりには不要だといって、理性的に振舞った物わかりのいい男が、女の金を費いこんだというだけで、次第に卑屈になっていって、自分をおとしめていくという心理が女の方には理解出来なくなった。

男は、女の人気の邪魔になるという理由から、もうふたりで外出もしなくなり、名もない女の方が自分にはふさわしいのだという理由をつけて、女を裏切り、のみ屋の子持ちの年上の女といっしょになって、行方をくらました。

男の出奔後、女の知らなかった男の借金が、女の想像も及ばなかったほど多く女の身に残されていた。

彼女は泣いて私に口惜しさを訴えた。

今では家庭に対して保守的になり、炉辺《ろばた》の幸福に強い憧憬を抱くのは女より男の方に強くなってきているようだ。

ハイティーンの同棲者たちは、男も女も口を揃えていう。

「われわれは、今、世の中で最も理解しあえる、話のわかる友人どうしだ。だからいっしょに暮らした方が愉しいから同棲している」

彼等は将来結婚するとか、子供を産むとか考えていない。

「自分に似たような子供でも、彼に似たような子供でも、欲しくない。両親の生活をみていたら、あんな結婚生活はあえてしたいと思わない」という。

そして二十代の同棲を清算したばかりの女はいう。

「はじめの頃、彼はとても純粋でよかったけれど、学校を出て勤めに出はじめてから成長が止まってしまったのよ。いっしょに暮らす意味というのは、互いの成長度が同じだという点にあるんじゃない。話してても弾力がなくなってつまらないから別れたわ」

一昔《ひとむかし》前なら、結婚生活や、同棲生活で、成長度の不釣合はいつでも男の側が優先し、女の歩みがそれにともなわないということからおこっていた。

彼女はことばをつづけていう。

「彼って、以前はとても話がわかったんだけれど、勤めを持つようになると、ふたことめには、理想と現実はちがう。生活とはもっと足が地についたものだなんていいだすんだもの。そのうち、おふくろの味のぬか味噌漬がたべたいといいだすにきまっているわ。私にあわせられなくなったのよ」

女は男に捨てられ、見かぎられる立場だったのが、今では反対のケースも大いに増えている事実を認めないわけにはいかない。

戦後の教育は、子供も親を批判するように育ったが、同時に、男の子の精神的乳離れの時期は戦前よりはるかに遅れさせているようだ。

娘たちは、母親のようではありたくないと希い、お母さん子の息子たちは、恋人をつくっても、恋人のなかに、母親のイメージを需《もと》めて甘えかかりたがる。

背のびしたい娘たちが保護者的錯覚から、恋人を愛しはじめても、恋人の頼りなさにたちまち愛想づかしをするのも無理はない。

私はよく話しあってみて度し難いのは戦中派育ちの良妻賢母型主婦と、終戦後十代だった教育ママたちだと思う。

一番頼もしいのは現在十代から二十代の少女たちで、青年たちにはまだすっかり信用がおけない気がする。今の若い娘たちが、マイホームなどの平穏の虚妄《きょもう》を打ち破り、母親と、学校と、社会の三段階で去勢されてしまった男たちに見限りをつけ、優秀な冷凍精子を需めて自分だけの子供をつくりたいと望むようになる時代がいつの日にか訪れたら、同じく男はつくられるとしても、つくられる方の内容が変り、真に男らしい男が、改めてこの世に君臨する基盤が出来るのではないかなど、気の早い夢の先どりをしたくなるのである。

本章16

自分の愛の力が他を決して充たさない

女自身を支配している迷想

一九〇四(明三十七)年三月十二日、神田美土代町《かんだみとしろちょう》神田教会で、平民新聞主催の「社会主義婦人講演会第五回」というのが開かれている。聴衆は僅《わず》か十六名という寥々《りょうりょう》たるものであったらしいが「其数少しと雖《いえど》も種々なる階級、種々なる地位、種々なる年齢の人々あり、吾人《ごじん》は此の少数なる聴衆が社会主義の思想を婦人界に伝播《でんぱ》するの力は案外多大ならん事を信ずる者なり」と、平民新聞の中では気焔《きえん》をあげて、講演内容をかかげている。

石川三四郎《いしかわさんしろう》、堺枯川《さかいこせん》に先だち演壇に上った村井知至《むらいともじ》が「日本婦人に関する二大迷想」という題で講演した中に、

「婦人に関する二大迷想の第一は『女子は必ず男子に嫁すべきもの』という考え、

その第二は『女子は必ず男子に従うべきもの』という考えだ」と述べ、「私には娘が沢山あるが、それが嫁する時には、別れのことばとして『気に入らぬことがあったらいつでも帰って来い、我々は両手を挙げて門戸を開いて待っている』というつもりである。今後の婦人たる者は善く男子に対抗して、罷《まか》り違えば離婚するという覚悟を以て嫁さねばならぬ。それ丈の腰があれば男子に馬鹿にせられる筈《はず》は無い」といっている。

今から七十年前にも、結婚に対してこんなはっきりした意見があったのに、今尚この二大迷想がまったく拭い去られているとはいえないのだから、人間の智恵の進歩なんて大したことではないと思う。今流行のウーマンリブの闘士たちのかかげている闘いの内容を見ても、この二大迷想打破の域からさして多くは出ていないようだ。

二大迷想の根底には女のバージンの価値が厳然として坐っている。処女であったはずのマリアがころりとキリストを産み落とすという神話は、如何にも人間臭くていいのだが、マリアが見知らぬ「誰」かに犯されながら、それが子を妊むことにつながるとはゆめ知らないでおとなしく身をまかせていたということが処女性なのであって、いいかえれば、性的無知の「おぼこ」ということになる。科学的には、人工授精しなければ処女が子供を産むなんてことがあり得るはずはない。キリストが人工授精の子供だとしたら、神話は根底からゆらいでくる。そのキリスト教が一夫一婦《モノガミー》制をいくら力説してみたところで迫力がない。日本の昔だって、狩に出た城主が野良に出ている百姓の娘や人妻に気をひかれ、権力を嵩《かさ》に通じてしまい、亭主や許婚者には、位や金をやってごまかしてしまったという例はいくらでもある。

もちろん、その時心ならずも産まれた子供は、亭主や許婚者が有難く頂戴して自分の子として育てあげている。

バージンを奪われたから、自殺したという女の身の上相談は、明治から昭和の戦前まで連綿とつづいてきた。たまたま失った処女をどうとりつくろってバージンを装い嫁ぐかということが、女にとっては必死の、生きる道であった。

現在でも、処女膜が結構飛ぶように売れ、処女膜植付の手術と並行して大繁昌だとか。リブが叫ばれている今日、女にとっては見逃せない情けなさではないだろうか。女が何よりも闘いとらねばならないものは、処女膜尊重に対する女自身の迷心への告発でなければならない。

女は自分の選んだ時に子供をつくればいい

私たちが育てられた時代は女らしさが娘の躾《しつけ》の第一条件であった。女らしさとはイコール処女らしさということで、女はたとい処女を失っても処女らしく装うことが女らしさの真髄《しんずい》とされていた。

処女膜迷信からの解放が完全になされた時、女は二十五で売れ残りなどいわれることもないし、二十二で売りいそぐこともない。むしろ二十一になってもまだ処女などというのは、身の置き所もないくらい恥かしいというように変ってくるべきではないだろうか。いや現にもうすでに、非処女で処女らしく振舞わされた女に変って、真正処女なのに、つとめて非処女らしく振舞い、そういう言動をしたがる女の子も増えてきている。

処女性への迷信から女が完全に解放された時は、結婚の形態も否応なく変らざるを得ないと思う。

レオン・ブルムは恋愛と結婚の相手をはっきり区別した方がいいという説をたてているが、私もまったく同意見である。

私の育った時代は、女はただひとりの男とめぐり逢い、その男に恋し、その男と結婚し、その男の子を産み、その男の死を見送り、少しおくれて、子供や孫に見送られて死ぬというのが最も幸福な生涯と教えこまれてきた。そして結婚前の男女の交際は不良のすることで、良家の躾のよい娘は、親や周囲の世話焼のとりきめてくれた青年と見合いをし、気にいられたら（選択権は九九パーセント男の側にある）結婚するというのが理想的な結婚の方法だとされていた。しかし考えてもみたらいい。浜の真砂《まさご》ほどもある無数の男の中から、ただひとりを一度で選ぶなんて全知全能の人間でないかぎり、宝くじをひき当てるより可能性の少ないことである。

その上、一度嫁したら、離婚はタブーで、出戻りはオールドミスよりもっと社会から軽蔑《けいべつ》され不利益な肩書を押しつけられるのだ。出戻り女は如何なる事情があったにしろ、辛抱という美徳が足りなかった女であり、でなければ最も軽蔑されるべきふしだらな女ということに決められてしまう。まして子供を置いて出るような女は人非人《にんぴにん》扱いされた。

レオン・ブルムは「結婚について」の中でこうもいっている。

「二十代の時に子供を持てば、女性の身体は変ってしまう。三十歳ではそのまま保持される。そして四十歳でなら子供を持つと若がえる」と。

女は自分の選んだ時に子供をつくればいいので、母親になる前に本能を最もはげしく、或いは最も強く消費しつくす自由を行使すべきだと説いている。

女は結婚前に情熱的な恋を何度もした方がいい。もちろんこれはセックスを伴った恋である。

感覚的に好ましい男でも頼りにならない男は多いし、頼もしい男でも感覚的にまったく肌の合わない男もいるものだ。これは男の側からもいえることで、こういう二人がいっしょに暮らしたら、お互いが悲劇である。

人間は全知全能でないのだから、思いちがいや早とちりや、とんでもない誤解をしょっちゅうする。もし、二人の男女がお互い、そういう過ちを犯してしまって、いっしょに暮らしてみた時、予期しなかった不都合に逢えば、勇敢に何度でもやり直せばいい。

困ることは、一方が誤ったと感じた場合、他の一方は誤っていなかったと妄信している場合である。そしてたいてい男女の別れとはほとんどこのケースで占められていて、どちらかがより多く傷つく結果になる。

知るという行為は互いの体内まで入りこみたい願望

生涯にたった一人の男しか知らないということは、かつて女の最高の美徳とたたえられてきた。しかし今では長い人生でたった一人の男しか経験しなかったということは、よほど魅力がなかったか、極度にひっこみ思案な女だったということだけで、さして自慢になるものではない。

貞操というものは強《し》いられて守るべきものではなく、心と肉体の調和が完全に一致した場合、女の方は、自然に他の男に目をくれなくなるものだ。そういう女がふたたび他の男に目を向ける時はそれまでの男との間に、見えると見えないにかかわらず、ある種の弛緩《しかん》が生じている時である。

男も女も、生来の本能はポリガミー的なのではないかと私は考えている。生命力が旺盛で、人生に好奇心を抱く若々しい情熱の持主ならば、この世で最も複雑で興味のある変幻極まりない人間という動物の他性をもっともっと知りたいと思うのは当然であり、知るという行為は互いの体内まで入りこみたいという願望に外ならない。

結婚の形態をとらないでも、女は子供を産めるし、育てられもする。結婚という形態が今でも尚、女の方により多くの犠牲と忍耐を強いる以上、経済的に自立出来る女が、次第に在来の結婚の形態を拒否しようとするのは当然の成行きである。

たまたま最初の男が、最も自分にふさわしい男だと信じこむ場合もある。しかし、それは他を知らないからで、魚しかたべたことのない人間が、獣肉の美味しさをはじめて味わって、自分の味覚のこれまでの経験を口惜しがることもあるように、二人以上の男性を経験しなければ、本当に自分の好ましい男の真の価値もわからない。

今では女も自由に恋愛し、自由に男を選び、または選び直す女が少数ながら増えてきた。

結婚生活から飛びだす女も、日と共に増加している。とはいってもまだ社会的条件では、出戻り女や、ふしだらな女の陰口はまぬがれないし、再婚の条件は依然として、再婚の男よりも数等不都合な扱いを受けている。

六十歳の男が二十歳の娘と再婚する場合、人は六十歳の老人の精力と勇気と実力を少しひやかしをこめながらも心から賞讃《しょうさん》する。

しかし、六十歳の女が二十歳の青年と再婚しようものなら、人々は六十歳の女を不気味な生物を見る目付きで眺め、色きちがいという陰口を囁かれ、不潔で醜悪なものに触れたような身震いの反応を見せる。それればかりか六十何歳の女が七十何歳の老人と再婚してさえ、男の方には祝福を贈りながら、女の方に気味悪そうなまなざしを投げかける。

相変らず、女は五十にもなれば、女でないと自覚した方がつつましい上品な女だとみなす風習が根深く社会には残っているようだ。

この世間の目に平然と立ちむかえるだけの自信を持つ真に解放された女は、まだ極めて稀にしか存在しない。

妻の内部は一突きで崩れる脆《もろ》さを内包している

男にとっては、結婚生活が何かと実生活に便利さをもたらす以上、男は適齢期を次第に早めて、結婚生活を益々需《もと》めるようになるだろう。

まやかしのマイホーム主義、雑誌のグラビアじみた絵に描いた餅のような家庭の団欒《だんらん》、妻の欲求不満と嫉妬と倦怠感、それを見て見ぬふりしか出来ない去勢され疲れきった夫たち、中身が空疎になればなるほど容れ物を豪華に飾りたてたがる家庭という名の砂城。

解放された女は、こんなまやかしの崩れ易い城に憧れないかわり、きびしい孤独との闘いにひとり歯向わなければならない。

真に充実した愛と弛緩しない情熱を保ちたいと望む時は、相手と共に暮らさないのが最もいい方策だということは、何度か苦い経験で彼女は知っている。

漸《ようや》く、真にふさわしい最も好ましい相手にめぐりあった場合は、相手はすでに妻子をかかえている。

他人の家庭をこわすことのエネルギーの無駄さを、もう彼女は十二分に経験しているし、まわりにもうんざりするほど、眺めている。

自立し、自分の仕事を持ち、自分の情熱の欲する時だけ、みたしてくれる男を迎える生活、そしてもし、自分だけで育てられる自分の産んだ子供が一人か二人あれば、彼女は申し分ない人生を送っているといえる。

しかし、彼女がその時孤独からも解放されているわけではないのだ。多くのマイホームを誇る妻の内部が、白蟻にくいつくされた館のようにがらんどうに虚しく、一突きで崩れる脆さを内包していて、夫への不信と懐疑と、子供との断絶感で、狂おしいほど孤独なのと、さして変らない孤独と彼女も同居している。けれどもその二つの孤独の質は違う。

人の目に外がわからはどんなに理想の家庭らしく見えたところで、近よって見れば遠い芝生のようなもので、たいていは荒れはてているのが大方の家庭というものの正体だ。

いや、自分たちの家だけはちがうといきまく主婦も必ずあらわれるが、それは彼女たちが真実を見る目を持たないか、本能的に真実を知ることの怖さを感じていて、つとめてだまされたがり、幻影のなかに生きることを選びとっているにすぎない。

本当に解放された自由な女は、人間が決して、他からは充たされないこと、自分の愛などという力が他を決して充たしたりはしないことを識っている。

それは一度ならず二度三度と、勇気を持って、新しい恋に立ちむかい、男との同棲の試みもした上で得た真理なのである。

女が何度愛したかということに意義がある

だからといって、彼女たちは愛することを止められるだろうか。

マイホームの中の妻たちが、自らまやかしの幸福の幻影の中に身をとじこめ、偽の酩酊《めいてい》に身をゆだねているのとはちがって、彼女たちは、何度も性こりなくくりかえしてみた真剣な恋とひきかえに、人間は孤独だという動かし難い真理を抱きとめている。

孤独に徹した後にも生じるやさしさこそ、人間だけに持つことの許された覚めたやさしさである。

それは情熱だけに流される肉感性から生まれるあのむせかえるようなおしつけがましい利己的なやさしさではなく、相手の孤独を汲みとるゆとりのあるやさしさである。

陽にあたためられた砂地のように、それは他者の淋しさを際限なく吸いつくす。

人間は淋しいから、燃えた後には美しいけれど、すぐ冷たくなる脆い灰が残るから、人間はよりそいあい、あたためあおうとする。

その時、はじめて、相手をゆする真心の愛が生まれる。

相手の欲することもかなえてやることが自分の素直な歓びにつながることを知る。

それは、共同の利益で結ばれていると思いこみ、台所用品や、テレビやピアノや家を買うために力をあわせている家庭《マイホーム》の夫婦の結びつきとはまったく質のちがった次元の結びつきになる。

その時、彼女にとっては、結婚という形態や家という外殻は何の必要もなくなっている。

人間は死ぬ直前まで、人を裏切ることの出来る弱いおろかな生物であるという自覚の許《もと》に、明日崩れ去るかも知れない今日の愛を守る情熱が湧くのである。

永遠の愛など決して存在しないことを知っているからこそ、今日、この瞬間の愛の大切さを一滴もこぼさず味わい尽くそうとする。

形式的な結婚など何度繰りかえしても、そこから夫婦という名の男女の狎《な》れあいのだましあいしか生まれないことを知っている彼女は、決して今更結婚という形式の鎖につながれようとは考えない。

年老い、孤独に、どこかで行き倒れる死を迎えたとしても、自覚して、この道を選びとった彼女の愛の歴史には悔いは残らないだろう。

幾本もの手に、死の床でしっかり手をとられていても、人はそこに繋《つな》ぎとめられず、必ず生まれた時と同じくただひとりでこの世を去って行くのだから。

女が何度結婚したかというより、女が何度愛したかということが、その生涯にとっては意義のあることだ。

後章

妻がはじめて気づいた空疎な〝妻の座〟

女が迷い込んでいくとき

「般若心経《はんにゃしんぎょう》」の有名な句の中に、

「色即是空《しきそくぜくう》。空即是色《くうそくぜしき》」

というのがある。空《くう》といえば、私たちは、すぐ虚《むな》しいという感じに結びつけるが、仏教でいう「空」とは、執着せぬ、こだわらぬ、自由さ、といったものの表現である。

色《しき》は色と読み、私たちがこの字づらからすぐ連想する、なまめいた「ラブ」に通じる意味はなく、仏教では「色」は形象のあるもの、「物質」というような意味をもつ。そこで、「色即是空。空即是色」というこの句の意味は、およそ形のある物は、いつまでも永久にその形を保つものではなく、その中味は常に流動している。その自由があってこそ、もとの形の新鮮さを保てるのであるといった意味だという。

わかりやすい例をあげれば、人間の肉体も、常に新陳代謝が行なわれているからこそ、皮膚も肉もある程度形を崩さずもちこたえられているのである。つまり細胞は「空」で、日に新たに動いている。

この句のあとに、

「受《じゅ》、想《そう》、行《ぎょう》、識《しき》も亦復《また》是の如し」

という句がつづく。受も想も、行も識も、人間の心の動きを示す。つまり「空」なのは、肉体といった目に見える形だけにあるのではなく、心の形、精神の働きの上でも、やはり常に流動する自由さを持っているというのである。

この考えを一歩、暗くひねれば、物や心の、はかなさ、無常さといった、我国中世の文学にみられる暗いあきらめの思想に通じるようだけれど、仏教のいう、「空」は、もっと闊達《かったつ》な、生命力のあるもののようだ。

私は「愛」について語ろうとしながら、なぜこんな抹香《まっこう》くさい「般若心経」の句など思いおこすのだろう。

色を恋情、情事と解さなくても、恋や愛が、精神のいきいきした働きの一現象であるかぎり、やはり、「色《しき》」の中にくりいれられてもいい筈《はず》である。すると、「愛や心」

もまた、決して不変ではなく、生命力のあるいきいきした愛や心ほど、常に流動し、自ら新陳代謝をして日に新たに変質していくのが本来の性質なのだといいたいのである。

私たちは、よく人生の途上で、恋の相手にめぐりあった時、ほとんど本能的に、その愛の不変を願い、相手の愛に永遠を誓わせたがる。

その時、もちろん、自分の灼熱が、変る日があるだろうなどとは夢にも思っていない。思っていないながら、本能的に、愛の不変に一種の危惧《きぐ》を感じている。だからこそ相手の誓いもほしがるわけなのである。

結婚して十年、

「私たちはほんとに新婚当時のままの情熱を持ちつづけていますのよ」

などと言える妻がいるとしたら、よほどの精神的不感症か、精神薄弱ではないだろうか。

これまで、女は生涯に一人の男にめぐり逢い、その男と恋をし、その男と結婚し、その男の子供を育て、その男の死を見送り、あるいは見送られることが、女の最大の幸福な生涯のように教えこまされてきた。

そういう女こそ、貞淑で善良で、賢母で、誇高き女であった。

今でも世間の妻たちの大多数は、この教訓に従って、つとめて「人生の軌道」から外れまいと努力している。はじめから恋愛に対して防御的《ぼうぎょてき》である。たとい夫が外でどんな不貞を働いても、男のそれは、かい性のうちだとみなされたり、ほんの道草だと大目にみられる。時には一つの愛嬌とさえ寛容される。

けれども、いくら戦後の女の強さが靴下にたとえられ、おだてあげられていても、妻の不貞は、姦通罪こそなくなってはいても、相変らず、世間からは、激しく軽蔑され、非難され、たちまち「噂の女」にされてしまう。姦通した妻は、どんな事情があるにせよ、世間は彼女の額に焼印《やきいん》を捺《お》し、自分のサロンからは排撃するのだ。彼女が自分の家庭の良風美俗を汚染しはしまいかと毒蛇のように忌み恐れる。

ほんとうは、もう夫にあきあきしている

モーパッサンが一八八三年に書いた『女の一生』のジャンヌの不幸は、今でも私たちの周囲の、良風美俗を誇っている家庭の中の貞淑な妻の中に受けつがれている。ナイーブで、いきいきとした精神の持主だった箱入娘のジャンヌが、親に祝福さ

れた結婚をしながら、夫に裏切られつづけ、次第に精神は不感症になり、「あきらめ」だけが生きる糧《かて》になって、無感動な生涯を送るのを読むと、ジャンヌの悲劇と不幸に同情するというより、ジャンヌの無気力さにいらだたしさを感じはしないだろうか。新妻をもらった日から、妻の女中に手をつけ、子を妊《はら》ませ、妻の親友であり、自分の友人の妻である女と密通するような、夫のジュリアンが、情婦の夫から女もろとも殺されても、一向にジャンヌの不幸は報われたわけではないし、ジャンヌに与えられた心の傷は消えたわけでもない。

なぜ、こんな男と別れようとしないのだろう。今、私たち読者は、ジャンヌのあきらめと忍従をふりかえって、思わずもらさずにはいられない。けれども、すぐ現在に於ても、私たちの周囲に、無数のジャンヌがうつろな目をして、黙々と夫の不貞を見すごし、屈辱に耐えているのを見出すことに気づくのである。

それにくらべ、『アンナ・カレーニナ』、『ボヴァリー夫人』、『赤と黒』、『アドルフ』といった、典型的な姦通小説を読む時、強い文学的感動を味わわずにはいられない。これらの物語のヒロインたちは、揃って人間の道徳から脱落し、世間の非難の的となる。無数の石が、自分を道徳的な人間と信じている人々によって投げつけられる。

社会的名誉も、地位も身分も、はぎとられる。彼女の行手に待っているものは、愛の幻滅であり、絶望であり落はくであり、自殺か病死である。

彼女たちは見方によれば、ジャンヌの夫と同じ不貞の報いをうけたように見えながら、決して、読者に、ジャンヌの夫の死に対するような小気味よさや復讐感を感じさせはしない。彼女たちは揃って、賢い女だとはいい難い。けれども、この愚かな、しかも、あくまで女らしい、ナイーブな精神の持主たちの迷いの生涯と惨めな死に、私たちは深い共感と同情をゆすぶられるのである。

なぜだろうか。私たちは無意識に、自分の生の倦怠と退屈と偽善と、卑俗さにあきあきし、それらを憎悪しているからなのだ。

私たちのまわりをとりまいている世俗的なもの、分別臭いしたり顔、金、名誉、地位、権力を渇仰《かつごう》する世間、殊にその代表者のような自分の夫、世俗的な習慣と道徳と、借りものの思想に、まるで木偶《でく》のようになっているレディーメードの男たち。女は、いや妻は、長い間押しつけられてきた貞淑という美徳の仮面の下で、本当はもうぅんざりしているのだ。

私は、昔の学友のクラス会の集りや、ＰＴＡに頼まれた講演の後の主婦たちとの座談会の時、彼女たちの無邪気なため息をきかせられることが多い。

「恋愛時代は、ジイドをジッドと気どっていって、文学書や哲学書などばかり私に読ませたくせに、このごろのうちの人ときたら、会社から帰ると、週刊誌どころか、子供の漫画の本をみながら、ぐうぐういびきをかきはじめるのよ。つくづく馬鹿にみえるわ」

「まったくよ。象の足みたいなズボン下はいて、その上にどてら着て、味噌汁吸ったり、たくあんかじっているのをみると、これが自分の亭主かとうんざりしてしまうわ」

象の足のようなズボン下やどてらを着せているのが外ならぬ彼女たちなのを忘れて、妻は、もう夫にあきあきしているのである。

自分のほんとうの心の中をのぞきこめば

もっと打ちあけ話がすすむと、彼女たちは決まって、囁く。

「ぜったい露見しない保証があるなら、あたしだって、一生に一度、夫以外の男の軀《からだ》を識ってみたいわ」

彼女たちが、レナール夫人や、アンナ・カレーニナや、ボヴァリー夫人とちがうところは、「露見」に臆病で、保身術を心得ているという点だけである。

彼女たちだって、チャンスと場所と、身より、魂にひびきかける「対象」さえあらわれれば、ほんの一ふきで燃え上る炎を、うちにかくし持っている。

四十すぎの人妻なら、たいてい夫の裏切りの経験の煮湯《にえゆ》を、一度や二度はのまされている。

そして、もし、そんな苦い経験が一度もない妻たちは、表面、他人に向っては、

「せめてそれだけでも私の結婚生活は幸福だった」

といいながら、本当は、夫に不実を働かれた妻以上に、ある漠とした不安と虚しさを感じている。人生が決して、こんな単調な、平たんなものでないことを、彼女たちは本能的に識っているからだ。

「何事もおこらなかった」ということは、「何かがおこった」以上に、不気味な倦怠の砂漠であったことを、誰よりも彼女が識っているからだ。真実なものから目をそらせていさえすれば、世の中はスムースに動いていく。自分の心の中さえ、はっきりのぞきこまなければ、家庭は波風をたてずにすぎていく。

けれども、なかばは、なれあいと、暗黙の妥協でずるずる支えている家庭の平和が、いかに偽善にみちていて、空虚なものかを、誰よりも家庭の平和にしがみついている妻たちが識っているのだ。

小説に描かれた姦通のヒロインたちの相手が、必ずしも彼女たちのそれまでの平和や、社会的名誉や、殊にも子供と引きかえにするほど価値ある男であるとはかぎらない。

むしろ、大方の場合、本人同士の変愛の結晶作用がはぎとられた後にのこる正体は、あれほど退屈していた、捨てた「夫」と大差ないことを発見するし、往々にして、「夫」の方がまだしもましだったというような場合が多い。

それを認めまいとして、ヒロインたちは、さまざまな錯覚を自分に強いようとする。そうすればそうするほど、男の正体は正直な実体だけになって目の前に居坐ってくる。

この時から、姦通した女にとっての本当の悲劇が始まるのだ。

世間は待ちかねていたように一せいに嘲笑をあびせかける。女が、その恋を選んだ時の勇気が果敢で、無欲で、純粋であったほど、世間の目は、女の恋の破綻に、意地悪な拍手を送る。

けれども、世間のこんな嘲罵は、姦通をするほどの女にとっては、無縁である。彼女たちにとっては、不倫な恋に走った時からすでに世間とは心理的に絶縁しているのである。

自分の自由な魂で恋を生き抜くとき

世間の道徳のルールからはみだしてしまった者にとって、問題になるのは、背を向けた世間の評判ではなく、自分の恋の本質だけである。恋の相手の目の色、顔色、声の調子である。

他人の思惑《おもわく》など、かまっているひまはない。

自分は生きているのだという実感だけが彼女たちを支えている。「心」だけが問題なのだ。姦通の中に、夢や、欲望や快楽や感動や創意を見出して生きているという「生きがい」は、死ぬことより、いやな倦怠の中にうずくまっているよりはましだと考える。いや、考えるひまもないのかもしれない。

姦通する妻たちに共通な性質は、いつも自分が運命をあきらめていないことだ。

たいていの場合、彼女たちは、そのことに自分自身では気づいていないことが多い。周囲の卑俗《ひぞく》さに対する嫌悪を感じる繊細な心や、鋭い感受性を持っている。偽善を本能的に憎んでいる。感動する柔かな熱い心を持っている。同時に、愛の前では、たちまち自分をからっぽにして、相手にそそぎこもうとする無償の情熱を持っている。何よりも強い精神の自由を持っている。

小説に描かれたヒロインたちの情事の中で、そういういきいきとした女たちが、あらゆる障害をきりぬけて、自分の自由な魂で、恋を生きぬこうとするのをみる時、私たちは感動せずにはいられない。

どんなに崇高で熱烈に見える恋愛でも、恋のはじまりは錯覚と過誤《かご》からおこることを、第三者は冷静に判断することが出来るからだ。自分が明快な精神と判断力を持っていると信じている人間は、まるで暗闇を手さぐりで盲めっぽう進んでいるような、「迷った女」たちの行動は危なっかしく、はらはらさせられる。それは同時に、他所《よそ》の家の火事をみるような一種の加虐的な快楽を感じさせてくれる。「じぶんなら、決してあんなばかなことはしない」と、心にうなずきながら、やっぱり彼女たちの、無智で激しい野性に、一種の郷愁と憧れをよびおこされる。

平穏な生活を守り、貞淑の美徳の冠をかぶった多くの妻たちは、姦通小説や姦通ドラマに、自分でも気づかない自分の鬱積《うっせき》した不平不満や、忍耐のかすを発散させるけれども、その時、もう一歩すすんで、自分の心の中の真実に、しっかり目を据えてみようとはしない。

真実を識ることは怖いし、自分の心の底に鬼や蛇の姿を見出した時のショックに耐えられそうもないのを知っているからだ。物語の中にゆらめいた彼女の心の動揺や肉体の興奮がおさまってしまうと、妻たちはまた無感動な表情と、鈍感な肉体をひきずって、泰然自若として、自分の領地、台所に立っている。

愛は二人の女の間にも実在する

私はある時期、ひとつの情事の周囲を連作の型の小説として書きついでいた。

自分の職業を持ち自立しているヒロイン知子は、過去に離婚の経験がある。知子は離婚の原因になった年下の男涼太との恋もはかなく終わって、女ひとり生きていくことだけにわき目もふらない毎日を送り迎えしていた。

その途上で、ふとしたことから、十歳余り年上の慎吾にめぐりあう。慎吾は妻子がある中年すぎの売れない小説家である。

慎吾との出逢いが知子には宿命的なものとなって、それ以来半同棲の生活を八年もつづけてきた。

慎吾は妻と知子の間を時計のふり子のように規則正しく往来する。

慎吾にとっては、「愛」はそういったかたちで、二人の女の間に実存し、二つの愛の間に比重などはなかった。

慎吾の妻ゆきは、はじめから慎吾に知子のことを打ちあけられ、終始、知子の存在を黙殺する形で、夫の不貞をうけ入れる。

知子は、経済的に慎吾の家に負担をかけていないという自負に誇りをおき、自分の愛を誇示して生きる。

「愛があるから、自分の生活は許される」

と、知子は信じているようだ。慎吾の妻の座というものには一切恋着《れんちゃく》しない。結婚生活の無意味と、退屈さは、すでに知子は経験ずみだ。なぜ女が、愛する男と結婚したがるのか、知子にはわからない。

慎吾が妻の家に帰っている時間――知子はむしろ、のびのびした「自分の時間」

を享楽し、仕事に没頭出来る。

三人が三人、互いに何の不自由も感じず、感じさせず歳月だけが流れていった。そのままでいけば、いつまでも――たとえば三人のうちの誰かが死ぬ日まで、その平衡はつづきそうに思われた。

けれどもある日、この静かな沼に小石が投げこまれた。

知子の昔の恋の相手涼太が、知子と慎吾の生活の中に突然姿をあらわしたのである。

知子の中で、思いがけない波紋がおこった。

涼太も知子も今度の再会が昔の恋をよみがえらせようなどとは夢にも思っていなかった。

涼太の方は忘れてしまった旧い唄のメロディーをなつかしみたぐりよせるような程度の軽い気持ちで訪れてみたのだし、知子の方は、むしろ、平穏な慎吾との生活の中に入ってくる雑音をうるさがるような迷惑な気持ちで迎えたのであった。

八年間、慎吾に対して知子は一度も不貞を働かなかったし、心の上でもそんな危なっかしさを感じたことはなかった。

本当の愛は、強いられなくても貞潔を守りたがるものだと、自分の愛に信頼をよせていた。その間も、慎吾が、自分と妻のどちらも捨てようとしないのを不思議がりもしなかった。

夫婦の〝信頼〟という絆《きずな》ははかない

最初の頃、知子は人並みに見たことのない慎吾の妻に嫉妬を感じた筈なのに、その記憶さえ、八年の歳月という風雪が、埋めつくしてしまっていた。

表面八年前と何の変りもないと見えた三つの頂点をもった不思議な愛の関係の中にも、やはり、目に見えない新陳代謝はたえ間なく行なわれ、しらずしらず、細胞は生まれかわっていることに、知子は気づいていなかったのだ。

涼太との新しい情事に、おちいった時、誰よりも狼狽《ろうばい》し、あわてふためいたのは知子自身だった。

愛は、慎吾に対して前よりももっと強固になったような気がしていた。

いつのまにか、慎吾の妻と同様の心の位置をもちつづけていた知子は、涼太との情事に、慎吾に対して正当な妻が姦通しているような錯覚があった。

普通の人妻の姦通物語とちがうところは、知子が慎吾を裏切る度が深まるにつれ、知子は慎吾に対する過去の自分の愛の深さを確認するということだった。

知子と慎吾のような、愛人同士の間でさえ、歳月と習慣の惰性は、愛の感度を鈍磨《どんま》させていたのである。

愛は、平和と、幸福と信頼に支えられていると思うのは錯覚ではないだろうか。

愛は、闘争と、不幸と、不信と、猜疑《さいぎ》と嫉妬などによって、かえって、宝石のように、原石から美しく磨きだされるのではないだろうか。

「信頼」だけが唯一の法典である夫婦というものの絆くらいはかないものはない。

親子はまだ、血のつながりがあるが、夫婦はもとは赤の他人であり、互いに識ってしまったと思うのが思い上りで、互いを識りつくすなど、死ぬまでかかったって出来はしないのではないだろうか。

知子が、夫婦という絆の外にいながら、心は自ら妻の位置に定着していったから、かえって新しい情事の入りこむスキが生じていたのである。

——わたしたちは互いの立場を認めあい、愚劣な無益な争いはしない。互いの立場を尊重し、自由をおかさない——そんな思い上りが、いかに、はかないものだったか、知子は、自分自身の心に、見事な八年間の復讐を受けてしまった。

慎吾の妻から一言の非難も一べつの軽蔑も与えられないままで、知子はもっとも手酷《てひど》い復讐に傷ついた。

慎吾と涼太の間を、知子は、とりみだし、最も惨めな女の典型のように右往左往する。

どこにも解決はなく、慎吾を見ては泣き、涼太にとりすがっては泣き、ひとりいてはおろおろする。

最後に知子は疲れはてたように慎吾との長い生活を清算する。

事件は終わった。

女の心を最後にとらえるのは愛のあり方である

小説はそこで終わっている。

この小説が発表されてから、作者は思いがけないほど、未知の読者から手紙をよせられた。

知子のような立場の女性が一番多く、あとは慎吾や涼太の立場の人であったりした。意外なのは慎吾の妻の立場の人が多かったことだ。

作者にとって、一番興味があり参考になったのは、慎吾の妻の立場からの反応であった。

「いったい、夫を愛し、家庭を守り、夫からも、妻として不平をいわれたこともなくすぎて来ているのに、夫が新しい愛人をつくるということはどういうことなのだろうか」

申しあわせたように彼女たちは、そう書いてきた。

金で追っぱらえない「夫の恋人」は、妻にとって、これ以上始末の悪いものはない。しかも、彼女たちは、妻の椅子さえほしがらない。

そういう「自由な女」がふえてきたということは、夫にとっては都合がよく、妻にとっては無限の恐怖である。

今まで安心してどっかり坐っていたつもりの「妻の座」が、いかに空疎なものかに妻ははじめて気づかされる。

「もう、今まで、私だって、夫を愛しているとはいえません。けれども、今からではおそすぎます。私に人生をやりなおす、体力も精神の弾力も失われてしまった今となっては――」

妻たちは、そう書きつづけてくる。

夫の愛人の去ったあとで、妻と夫は昔のようにまた二人だけで向いあって暮らすだろう。

けれども、もうその昔と同じ型の家庭の内容も、夫婦の感情も、すっかり中味はちがったものになっているのだ。

成行きをじっと忍んで待ちつづけた妻は賢いとほめられるだろうが、出刃庖丁をふりかざして、夫の愛人を刺しにいった妻のように、彼女は生きたという実感を持つことはない。

この物語が人に読まれるのは、決して、異常でも不思議な物語でもなく、あまりにざらにありふれた愚鈍な関係だからなのだろう。

知子の情事が意味を持つのは、裏切りという事実や、二人の男を同時に共有したというような愚劣な関係ではなく、小説の中では一年ほどの姦通の季節が、慎吾との八年の歳月の重みと密度に匹敵するほど、知子にとっては重大だったということである。いいかえれば、知子は、慎吾との恋のはじめに感じて、いつか忘れていた、「生きる」というなまなましい実感と感覚を、よれからんだ情事の中できりきり舞いしている時、再び自分のものとして、摑み直したということなのである。

手ぎわよく、身を処すことの出来ない馬鹿正直さと浅はかさが、小説の中の姦通女たちの、何よりの共通点といえるのかもしれない。

そしてどの物語の中でも、姦通という事実に、世間の良識がまず抱く肉体の問題が、案外、ヒロインにとっては、それほど重要な位置をしめていないことである。

成人した男と女の間での愛で、肉体の裏づけのない愛などは、愛とも呼べないものではないかと思う。かといって、肉と霊の比重をはかれば、最後には、精神が肉体の上に立つのではないだろうか。

どの姦通物語のヒロインをとりだしたところで、彼女の心を最後にとらえているのは、相手の愛（精神的な）のありかたであり、決して、相手の肉のありかたではない。女は性に絶望して死を選ぶようなことはないが、精神の裏切りでは往々に自殺したがる。

性愛小説の聖書のように誤解されている『チャタレー夫人の恋人』を読んでみても、チャタレー夫人の悩んでいるものは、決して、肉欲の限界にとどまっているのではなく、肉欲を通して、新しく展《ひら》かれたプラトニックな愛についての悶えなのである。チャタレー夫人の恋人が、森番のメラーズでなければならなかった理由は、彼との性的な合性《あいしょう》などという問題ではなく、メラーズの人間性だったことを私たちは読みおとしはしないのである。

たいていの姦通妻が、世間には通りのよいおしだしのよい道徳的な夫をもちながら、ドンファンや、ならず者、身分の低い者や、生活無能力者にひかれていく。結果として、彼女たちは夢やぶれ、世間の嘲罵の中に、自分自身も絶望して死んでゆくだろう。

何度くりかえしても、どんな風がわりな衣裳をまとわせても、結局姦通小説の骨組だけは変っていないし、ヒロインの性格の共通点は同じである。

まったく知らなかった自分を発見するとき

夫に不貞を働かれた世間の妻は、夫と情婦を肉体的に手をきらすことだけにやっきになり、その目的を達すると、ほっとして、すっかり安心する。

妻に不貞を働かれた男は、たいてい妻をほとんど許さないし、万一、許して、元どおりの共同生活がはじまっても終生、ベッドに入る度、妻の不貞の記憶を思いおこす。

どちらも、不貞の事実の中に「肉体」を何より重要視しているからなのだろう。真の「愛の裏切り」とは、肉体が、一度夫を裏切ったとか、妻の目を盗んだとかいう、現象的なものでは決してないようだ。

そうした事実のおきた後で、その事実が当事者の精神にどう作用し、何がのこされるかが大切なことであって、私の小説のヒロインのように、何度同じようなことをくりかえしてみても、自分の愛の正体がつかめないでうろうろする女もいるし、一度の過失で、夫への愛の重要さを、骨身にこたえて認識する妻もいるだろう。あるいは自分が、夫にも愛人にも決して属することのない、自由な魂の人間だったということをはじめて自覚する女もないではないだろう。

妻も、もっと、大胆に、恋愛をしてはどうだろうか。

たいそう飛躍したとっぴな、そして誤解され易い意見と承知で、私は世の中の妻たちに呼びかけたい気がする。

「結局、私は、夫を愛しているから、夫の不貞をもふくめて、彼を許すのです」

よく聞く、夫の不貞を許す妻たちの紋切型の言葉だけれど、もっとつきつめて、聞きただしてみれば、

「今から、離婚しても損だから――子供が可哀そうだから――主人の財産だと、大して金もとれないから――」

と、まったく味気ない、実利的な問題におちつくのがおちである。

「妻の座」と「金」をほしがらない、自立した女たちが、もっともっと世間にふえてくるとしたら、（それは当然、ふえてくる筈である）妻の座ほど空虚で、はかないものはなくなるだろう。

心のぬけがらの、夫の肉体だけを鎖でつなぎとめておいたところで、互いに幸福なわけはあるまい。

若い愛人に捨てられて帰ってくる日を待つという妻の言い分もよく聞く。

それこそ、何年か先で、愛人にさえ捨てられた男のぬけがらを受けとっても、妻は誰に対して勝利感を味わえるだろうか。

人間は不確かなものだし、心はいっそう不確かなものだ。せいぜい、いい意味に解釈したところで、はじめにかいたように、

「色即是空。空即是色」

の世の中である。

妻の一番傲慢な錯覚は、「自分は変らない」と信じていることではないだろうか。

小じわのふえたことや、白髪を発見した時には、ひどくショックをうけて、さわぎたてるくせに、自分の内部で刻々に変っている心の流れと変化だけは見つめようとしない。そして、自分がもう、夫の肉体にもあきあきしているくせに、夫の肉体との結びつきだけを金科玉条《きんかぎょくじょう》のようにして、そこに安心を見出そうとする。

世間の貞淑な妻たちが、さりげなく、夫の目を盗んで姦通にのぞみ、その新しい経験を通して、まったく知らなかった自分を発見する時、世の中は、もっとすっきりと明るくなると思うのは、あまりにもとっぴな夢物語だろうか。

性をあまりに重大視する最近の風潮は、かえって、妻の精神を拘束しているような気がしてならない。

ちなみに、岡本かの子は、天下に聞えた家庭円満の標本のようにいわれ、一平との夫婦仲は、模範的だと世間も認め、自分たちも喧伝《けんでん》していた。けれども、実際にはかの子には、肉体を通した愛人が、一人ならず死ぬまでいたのである。

だからといって、かの子と一平が力をあわせ培い育てた夫婦愛が、汚されたわけでなく、あの稀有に高められた男女の愛の極致は、やはり永遠の愛の聖典のように仰いでも恥かしくないものである。

要するに、人間の男女の間におこるすべてのラブアフェアなど、どんなに特異にみえても、必ず、どこかの誰かもやっている、類型的なものにすぎないので、生きるの、殺すのというほどの問題ではないようだ。大切なのは、その事件をとおして、当事者たちが、どう生きたかが問題なのであって、不可解な自分を識るというチャンスは、思いがけない時、不用意に襲ってくる恋愛事件の渦の中でこそ、一番、恵まれているように思われる。

愛のかたみは、二つの肉の結合の証拠の子供だけでなく、互いに切りつけあった深い心の傷あとである場合もある。

永遠に残るものは、肉ではなく、精神の遺産だけなのである。

あとがき

瀬戸内寂聴

この本は一九七三年三月に刊行されている。「はじめに」という前書にもあるように、十年にわたる歳月の間にあちこちの雑誌や新聞に書いたエッセイの中から、愛に関するものだけを選び抜いて編集したものである。その作業は「青春出版社」の若い女性編集者さんがしてくれたと覚えている。

この年は、私には人生の一大転機の年であった。この本が出た八カ月後、つまり一九七三年十一月十四日に、私は出家得度《とくど》してしまった。

その当時、他からは、華やかな流行作家というレッテルを貼られ、書きに書いていたので、突然の私の出家は、世間を驚かせ、さまざまな憶測を招いた。この年の五月十五日で私は満五十一歳だったから、この本の出版された時は、まだ満五十歳であった。後になって見れば、この本は私の五十年の生涯の愛についての総括ともいうべきものになっていた。

すべては予定したことではなく、偶然の所産である。この年の二月、私は中国へ約一カ月旅行しているが、その時はまだ、出家の具体的な予定など全くなかった。もちろん、旅から帰り、すぐ手にとった『ひとりでも生きられる』を眺めた時も、何の予定も予想もなかった。

すべては突然、降って湧いたような形で出家の日時が決まったのである。しかし結果的には、この本は私の出家以前の愛の墓標のようになってしまった。

題がよかったせいか、この本は出版社も私自身も予想だにしなかったほど、版を重ね、よく読まれた。ベストセラーとなり、ロングセラーとなった。つづいて、「青春出版社」にすすめられ、その続編のような『愛の倫理』というのを書いた。それもよく読まれロングセラーとなっているが、人気のあった点では、『ひとりでも生きられる』が圧倒的であった。

もしこの本に若い読者を捕らえる魅力があったとすれば、それはどの章にも、私の愛の経験の厚い裏打ちがあるからであろう。

三十年近く経った今読んでも、私は一行も書き直したいとは思わない。

今でも私は愛についてはここに書かれた通りの考えを持ってる。

出家した私のもとに、心の悩みを訴えに来る人が多くなった。

そのほとんどが愛の悩みである。

三十年前から見れば今は、女の立場はいく分自由になり、自己主張が認められるようにはなっていても、一対一の男と女として愛し合った場合に起る悩みは、一向に変っていない。いやもっと長い歳月の昔、千年前の『源氏物語』の中に書かれた女たちの愛の悩みもまた、二十一世紀の男と女の愛の悩みと大差がないのである。

人間は所詮、孤独だということが大前提にある。孤独だからこそ、愛する相手がほしいのであり、孤独だからこそ、肌と肌であたためあいたいのである。

けれども恋を支える情熱は移ろい易く、消え易い。

私は自分が生涯に、多くの恋を得、それを失い、人を傷つけ、自分も傷ついてきた。愚かにもそれを繰り返した。

それでも、八十になった今でも、かつての恋や愛の記憶を、なければよかったと思ったことは一度もない。

縁があって、愛しあい、別れた人々のすべてに感謝が残っているだけである。

今の若い人たちには情熱が足りないように思う。若さとは情熱の火が輝いていることだ。

情熱の切れっぱしで愛さず、全身全霊を傾けて恋をしてほしい。

その場合たとい、恋に破れたとしても、恋をしなかったより、愛さなかったより、豊かな思い出があなたを包んで豊かにしてくれる筈である。

人間は、誰かを愛するためにこの世に生まれてきたのだと私は信じている。

傷つくことを恐れず、積極的に愛する人になってほしい。


（二〇〇二年刊行・四六判『ひとりでも生きられる』のあとがきより）

本書は、一九七三年に小社より刊行され、二〇〇二年に四六判で刊行されたものの新装版です。本文中、今日の観点から見ると一部差別的にとられかねない表現がありますが、著者自身に差別的意図はなく、作品自体の文学性を鑑み、表現の変更を行わずに掲載致しました。

著者紹介

瀬戸内寂聴
1922年徳島県生まれ。東京女子大学国語専攻部卒業。1957年新潮社同人雑誌賞受賞。1961年『田村俊子』で田村俊子賞受賞。1963年『夏の終り』で女流文学賞受賞。1973年、中尊寺で得度受戒、法名寂聴となる。1992年『花に問え』で谷崎潤一郎賞、1996年『白道』で芸術選奨文部大臣賞を受賞。2006年に文化勲章受章。2011年『風景』で泉鏡花文学賞を受賞。2018年『ひとり』で星野立子賞受賞。『源氏物語』（現代語訳）など著書多数。

ひとりでも生《い》きられる

2020年6月1日　第1刷
2022年1月20日　第2刷

著　者　瀬戸内寂聴《せとうちじゃくちょう》

発行者　小澤源太郎

責任編集　株式会社プライム涌光
電話　編集部　03(3203)2850

発行所　株式会社青春出版社
東京都新宿区若松町12番1号〒162-0056
振替番号　00190-7-98602
電話　営業部　03(3207)1916

印刷・大日本印刷　製本・ナショナル製本

万一、落丁、乱丁がありました節は、お取りかえします

ISBN978-4-413-11325-0 C0095